El exiliado

El exiliado

Para todos los que buscan paz y libertad

César Vidal

Publicado en Nashville, Tennessee, Estados Unidos de América.

The Agustin Agency es una división de The Agustin Agency Services, LLC, y es una marca registrada www.theagustinagency.com

Este libro puede ser ordenado en volumen para obsequios, recaudar fondos, o para formación ministerial, empresarial, escribiendo a Sales@TheAgustinAgency.com.

Para ventas al por mayor para librerías, distribuidores o para revender, favor de comunicarse con el distribuidor, Anchor Distributors al 1-800-444-4484.

Diseño interior: Deditorial
Diseño de portada: Chris Ward

ISBN: 978-1950604-13-5 El exiliado, papel
ISBN: 978-1-950604-19-7 El exiliado, eBook
Disponible en audio

Impreso en Estados Unidos de América

20 21 22 23 24 VERSA PRESS 9 8 7 6 5 4 3 2 1

CONTENIDO

PRÓLOGO

Escribí *El exiliado* pensando en los exiliados que siempre ha habido y que, lamentablemente, seguirá habiendo a lo largo de la Historia, en las más diversas épocas y por las más variadas razones. Precisamente, ésa es la razón por la que su protagonista permanece anónimo a lo largo de las páginas del libro y es así porque sobre él se podían haber superpuesto los nombres de millones de personas que se vieron obligadas a abandonar la tierra que los vio nacer para evitar la cárcel, la ruina, la tortura e incluso la muerte.

El protagonista huye de la España del siglo XVI atenazada por el terror que infundía la Santa Inquisición. Ya en 1518, las Cortes de Castilla habían suplicado al rey Carlos I que la Inquisición se convirtiera en un tribunal donde se siguiera utilizando la tortura, sí, pero de manera moderada que no incluyera las nuevas artes de tormento de las que tanto gustaban los inquisidores. Pedían también aquellos representantes del pueblo que se informara a los reos de los cargos de que se les acusaba, que pudieran tener abogados y que no se vieran recluidos en prisiones sin luz y bajo tierra.

Suplicaban que todo eso se aceptara porque eran muchos inocentes los que resultaban condenados y también eran muchos los que abandonaban el reino y con semejante paso se perdía mucho económicamente. Los procuradores en cortes, ciertamente, no pedían tolerancia ni mucho menos libertad de conciencia, pero sí que se suavizara una institución de conducta pavorosa que sembraba la muerte y el pánico entre la sociedad. Sin embargo, el Gran inquisidor se negó a que se accediera a una sola de esas súplicas, sabedor de que, como constaba en los viajes manuales de inquisidores, la finalidad fundamental de la institución era *ut metuant*, es decir, que teman. Si se relajaba mínimamente esa totalitaria aspereza, esa capacidad de acabar con vidas y haciendas, esa potestad para perpetuar la maldición sobre generaciones venideras, la institución no podría mantener la mano de hierro con la que sujetaba los reinos de la monarquía hispana.

Este cúmulo de circunstancias me movió a situar a mi exiliado en esa España de la Inquisición como reflejo de tantos otros que vivieron en otras épocas, en otros lugares, en otras circunstancias. Lo hice también porque en su camino hacia la libertad, el exiliado asistía a un período histórico trascendental, aquel en que quedó dividido Occidente entre las naciones que abrazaron la Reforma y regresaron a los principios contenidos en la Biblia y las que se mantuvieron fieles a Roma y a una cosmovisión absolutista de verdades dogmáticas impuestas desde arriba.

Semejantes circunstancias no han perdido actualidad en un mundo que se agita presa del miedo, que se paraliza por las epidemias, que pugna por sacudirse los yugos injustos y que, no pocas veces, se siente desorientado y sin saber hacia dónde ir.

En no escasa medida, nuestro universo, como el de El exiliado, sigue aún dividido entre aquellos que buscan la libertad y los que prefieren someterse; entre los que, llegado el caso, se exilian y los que persiguen a los exiliados incluso en el extranjero; entre los que defienden que todo sea igual aunque resulte inicuo y los que abrigan una esperanza en su pecho de un mañana mejor. De todo ello, hablo en esta novela. No los distraigo más del inicio de su lectura.

Miami – Lima – Guatemala – Miami, primavera de 2020

CAPÍTULO I

El exiliado contuvo la respiración. O más bien fue cómo si la respiración lo contuviera a él. Fue como si, de pronto, sintiera dudas; como si lo planeado no le pareciera tan sólido; como si se encontrara al borde de un abismo negro y no se atreviera a saltar.

Sin embargo, se trató tan solo de un instante. Nada más que un instante. Expulsó lentamente el aire que se le había quedado retenido en los pulmones y se agachó. Lo había pensado infinidad de veces y, de acuerdo con lo ideado y ensayado, pudo deslizar su cuerpo inclinado, casi doblado por completo, al amparo de las sombras negras de un atardecer gris y plomizo. Sabía que dispondría del tiempo suficiente para cruzar el corral vacío, para saltar la valla baja de piedra como si fuera una exhalación casi silenciosa y para conectar su sombra estrecha con la que arrojaban espesamente los árboles.

Sólo unos pasos más y la espesa penumbra del crepúsculo, que se presentaba puntualmente, lo protegería como si se tratara de una capa bien tejida dispuesta a ofrecer su refugio reconfortante en medio de una tempestad desatada.

Sintió el exiliado que la gruesa negrura que se descolgaba por entre las ramas de los árboles lo abrazaba cálidamente y, como si también fuera capaz de controlar los multiformes sonidos del tupido bosque, apresuró la marcha. Lo hizo con cuidado buscando pisar de tal manera que ninguna ramita caída ni ningún montón de hojas pudieran delatarlo.

Sabía —y tenía una absoluta certeza— que todo dependía de pasar desapercibido. No sólo en el pueblo. No sólo en la comarca. No sólo en el reino. En todo el resto de Europa hasta llegar a la ciudad de refugio a la que huían millares de personas en busca de refugio y protección.

Al menos hasta salir del reino, el exiliado debería viajar por la noche y dormir por el día en cualquier sitio donde no pudiera ser hallado. De momento, estaba seguro de que contaba con unas horas de delantera. Seguramente, hasta el mediodía de la jornada siguiente, quizá incluso un poco más, no se percatarían de su huida.

Había atrancado la puerta de su habitación por dentro y, después, había salido por la ventana preocupándose de cerrarla tirando de una cuerdecita sujeta al interior. Sí, el que pensaran que estaba durmiendo o que se encontraba mal retrasaría que se percataran de su ausencia. A menos, claro está que...

El inesperado murmullo del cercano arroyo arrancó al exiliado del flujo hasta entonces ininterrumpido de sus pensamientos. Se apresuró a dirigirse hacia el puente suspendido sobre la sinuosa corriente. La construcción, trabada con madera endeble, se hallaba expuesta a la luminosidad que procedía de la luna, pero, si apretaba la marcha sólo quedaría expuesto por unos instantes a cualquier mirada inoportuna.

Debía encontrarse a una veintena de pasos, cuando sus oídos escucharon un sonido. Primero, fue algo lejano, apenas perceptible salvo por el silencio nocturno. Luego tuvo la sensación de que hasta las suelas de sus botas llegaba un ligero temblor. ¡¡¡Caballos!!! Sí. Eran caballos. ¡¡¡Y varios!!!

Intentó correr, sin arrancar el menor ruido del camino, hacia el puente. Lo alcanzó en una exhalación y luego miró cómo podría descender hasta el lecho del río. En otro momento, en otras circunstancias, se habría tomado la molestia de pensar en cómo dar con la mejor manera de bajar, de no tropezar, de no mojarse. Ahora, por desgracia, no disponía de ese tiempo.

De manera precipitada, corrió hacia el lado derecho del puente y comenzó a descender procurando no resbalar ni tropezar. Sintió con desagrado como el agua de la corriente comenzaba a calarle las botas, las plantas de los pies, los tobillos... La sensación fue en extremo desagradable porque estaba helada. Suerte tendría si no pescaba una pulmonía. Pero ahora no podía entretenerse en discurrir sobre los efectos de aquella gelidez húmeda que estaba paralizándole los dedos.

Apenas había logrado apoyarse en la parte del camino sobre la que se apoyaba el puente, cuando sintió, con enorme fuerza, con un ímpetu ensordecedor, con una violencia abrumadora, un retumbar que se aproximaba a toda velocidad. Se trataba del golpeteo tremendo de los cascos de los caballos pasando por encima de su cabeza.

El exiliado intentó distinguir, en medio del ruido ensordecedor, cuántos podían ser los caballos. Dos, como mínimo, quizá tres. Quizá incluso alguno más. Fueran los que fuesen, ¿a quién podrían llevar? Uno o dos familiares del Santo Oficio, con seguridad. Ésos, por sistema, no gustaban de ir solos. Uno o dos más... Quizá alguien del pueblo. Quizá... quizá... su hermano. Por supuesto, no era seguro. No lo era, pero tampoco resultaba imposible. No sería, desde luego, la primera vez que un pariente entregaba a otro e incluso le daba muerte para satisfacer los apetitos desbordados de aquella peculiar institución.

El exiliado esperó hasta que dejó de sonar la furiosa galopada y salió de debajo del puente. Con gesto precavido, pero rápido, se descalzó, dio la vuelta a las botas para arrojar el agua que había entrado en su interior y se sacó las calzas retorciéndolas como si fuera ropa lavada que quisiera secar.

No se correspondía con lo que había planeado, pero tendría que interrumpir la huida y descansar en aquella parte del bosque aprovechando la casi total oscuridad que le brindaba.

Se dijo, intentando tranquilizarse, que quizá no fuera tan malo a fin de cuentas. Durante algún tiempo —quién sabía si días— pensarían que iban pisándole los talones cuando, en realidad, les iría a la zaga. No era, ciertamente, momento para estar alegre, pero no pudo reprimir una sonrisa. Incluso tuvo que esforzarse para que no se transformara en carcajada. Dios era, sin duda, muy bueno y no solo por que lo dijera el salmista.

CAPÍTULO 2

El exiliado habría deseado descansar, pero semejante propósito se reveló muy lejos de sus posibilidades.

Cada vez que parecía que iba a quedar sumido en el sueño, el ruido más insignificante lo había despertado en medio de un angustiado sobresalto. Ni una sola vez se había tratado de caballos o de pisadas humanas, pero esa circunstancia no había quitado un ápice de ansiedad a su corazón.

Finalmente, tras no más de tres horas de duermevela, se dio cuenta de que ya no conseguiría conciliar el sueño.

Comprobó entonces que sus botas seguían húmedas y que las calzas estaban todavía empapadas. Ciertamente, la idea no le agradaba, pero no tenía más remedio que someterse a las circunstancias. Debería esperar casi un día entero sin poder moverse. Una jornada completa perdida.

El exiliado respiró hondo. Era consciente de que tenía que salir cuanto antes de la comarca y luego, inmediatamente, del reino y lo sucedido no contribuía precisamente a ayudar al cumplimiento del plan. Claro que también era cierto que lo que se planea no siempre sale bien. No había más que pensar en lo sucedido con su arresto. Tan solo dos días antes se encontraba preparando el zurrón para salir al monte por unos días y perderse entre las breñas. Lo habitual, por otra parte, en esa época del año.

Estaba a punto de salir de casa cuando escuchó cómo alguien llamaba a la puerta. Primero, se trató de un sonido suave. Luego vino una sucesión de toques suaves, pero ininterrumpidos. Como un repiqueteo. Finalmente, se pudo escuchar su nombre. Reconoció la voz inmediatamente y, casi antes de que pudiera darse cuenta, se encontró en el umbral.

—¿Qué hacéis aquí? —preguntó aún embargado por la sorpresa.

—¡Oh, gracias a Dios que todavía no estáis fuera de casa! —exclamó la mujer a la vez que le agarraba las manos.

—¿Qué pasa?

—Venid, venid —le respondió con una voz rezumante de angustia—. Sentaos, por favor.

No pudo evitar sonreír en aquel entonces. ¿A qué venía aquello? ¿Qué era eso tan grave que atenazaba a su vecina?

—Sentaos, por favor —repitió inquieta.

Lo había tomado de la mano hasta arrastrarle a uno de los taburetes de la cocina.

—¿Y bien? —le preguntó una vez que estuvo sentado.

—Lo primero es que no os asustéis —comenzó a decir—. No os asustéis, os lo ruego.

—No me voy a asustar —le dijo con una sonrisa— os lo aseguro. ¿De qué se trata?

—El Santo Oficio os va a investigar.

Reprimió lo mejor que pudo un gesto de horror al escuchar aquellas palabras. Había sido solo una frase, pero, por un instante, se quedó sin respiración. Había sido como recibir un puñetazo inesperado en el pecho o una patada fuerte en el bajo vientre.

—¿Queréis decir que vendrán a detenerme? —preguntó cuando pudo respirar de nuevo.

—No... no... yo creo que... bueno, quizá sólo lo han dicho para que os asustéis un poco. Sí, sí, para asustaros, pero para nada más.

Por un momento, sintió una corriente de ternura que le subía desde el corazón y se le quedó en la garganta. ¿Así que hablaban de ello...? Debían estar muy seguros entonces porque asustarlo... Sí, es verdad que el Santo Oficio estaba construido sobre la base y la finalidad principal de *ut metuant*, de que tengan miedo, pero cuando investigaban a alguien, cuando detenían a alguien, cuando interrogaban a alguien no era, precisamente, para asustarlo. En realidad, era para confinarlo sin decirle de qué se le acusaba, para someterlo a distintas formas de tortura, para que se reconociera culpable de algo sobre lo que no le habían informado, para ser objeto de las acusaciones anónimas de enemigos y denunciantes y para, al fin y a la postre, condenarlo a una pena infamante que se trasladaría a toda la familia y que podía incluir arder en una hoguera.

—¿Y qué creéis que debo hacer? —preguntó a su inesperada informadora.

—Marchaos —respondió. Fue sólo una palabra. Una sola. Sin embargo, en ella se encerraba, como si fuera un prodigioso y mágico talismán, la vida y la muerte.

—¿Estáis segura?

No le respondió. Se limitó a asentir con la cabeza. Se trató de un gesto quedo, pero la manera en que lo hizo no dejaba lugar a dudas.

—¿Ahora?

Volvió la mujer a inclinar la cabeza mientras sus ojos parecían deshacerse en agua. Consiguió que no le rebasaran los párpados, pero, de repente, inesperadamente, una lágrima descendió, sola y brillante, a lo largo de la mejilla derecha. Allí quedó, suspendida entre el cielo de las pupilas y la tierra del suelo. Como si no supiera a donde ir, como si tuviera miedo de su destino, como si se percatara del abismo que se extendía ante ella. Se sorprendió pensando que aquella lágrima estaba como él, inmovilizada, pero, a la vez, se mostraba necesitada de escapar de su lugar de origen.

—Gracias —dijo a la vez que le tomaba las manos— de todo corazón. Me has salvado la vida.

La mujer movió la cabeza y la lágrima se le deslizó hasta alcanzarle el cuello de la blanca camisa y deslizarse en su interior.

—No. Vos sois quien me habéis salvado la vida. Dos veces.

Sintió que se le formaba un nudo en la garganta al escuchar las palabras que acababa de pronunciar la mujer.

—Estaré siempre en deuda con vos —dijo—. Ahora debéis marcharos de aquí.

La mujer movió la cabeza. Quizá quiso decir algo más, abrazarlo, incluso darle un beso, pero se limitó a darse la vuelta con brusquedad, a llegar trémula hasta la puerta de la calle y a salir corriendo.

No perdió ni un solo instante. Buscó las alforjas mayores que tenía y metió en su interior dos mudas y otro par de botas aún más resistentes que las que llevaba puestas. Luego guardó la comida que consideró indispensable para llegar hasta la raya del reino. La manta la podría llevar fuera, atada... Luego... esos dos libros... sí, esos dos libros le resultaban indispensables.... los instrumentos de la profesión... algo para cubrirse la cabeza. La capa, claro, la capa. Sí. Era todo.

Dedicó las horas siguientes a pensar cómo abandonar la casa de noche sin ser detectado. Luego, sentado, con las alforjas reposando sobre las rodillas y mirando fijamente cómo el sol caía, perezoso sobre el horizonte, pasó las horas hasta la llegada de las primeras sombras. Entonces se puso en camino.

Sólo en un momento de su salida del pueblo, volvió la vista atrás. Fue cuando se encontraba sobre una loma chata desde la que podía divisarse todo. Por unos instantes, vio cómo los primeros rayos de la luna herían de luz plateada la torre irregular de la iglesia, cómo las tinieblas negruzcas ocupaban paso a paso la plaza del pueblo, cómo en algunas de las casas se habían encendido luces. Entonces, como invocadas por un mago prodigioso, le subieron desde el corazón las imágenes de otros lugares del reino. Recordó altivas catedrales y recoletos claustros, dormidas universidades y feraces campos, nevadas montañas y bulliciosos puertos.

Todo aquello y mucho más llegó hasta sus mientes en docenas de remembranzas igual que si fueran las olas incansables que chocan contra la costa inmóvil para luego retirarse pálidas y deshilachadas. Parpadeó, clavó la mirada por un instante en el lugar como si así pudiera llevarse en el interior de su corazón todo lo que se ofrecía ante su vista y dio la vuelta. Ni una sola vez osó mirar atrás. Incluso apretó el paso para salir cuanto antes del reino.

CAPÍTULO 3

Aquel día, mientras, oculto bajo el puente, esperaba a que sus ropas se secaran, el exiliado tuvo mucho tiempo para reflexionar. Era consciente de que si llegaba a salir del reino —pero lo iba a conseguir, sí, con la ayuda de Dios tenía que lograrlo— su vida no debería empezar de cero sino de bajo cero. Muy de bajo cero. En otras palabras, él, que no era rico, sería ahora menos que un mendigo. Sin embargo, su total quebranto de fortuna no le iba a evitar el tener que alimentarse, cubrirse o alojarse.

A esa situación, había llegado porque su país era como era.

Sí, como era, pero ¿por qué su país es así? El exiliado se dijo que, quizá, se debía al hecho de llevar siglos dejando que alguien pensara por sus habitantes. Clérigos, nobles, reyes, privilegiados decidían lo que era bueno y lo que era malo, lo que estaba permitido y lo que estaba prohibido, lo que debía creerse y lo que debía rechazarse, lo que tenía que hacerse y lo que no era lícito hacer.

En aquel reino que ahora estaba abandonando, sólo si se era oveja no había nada que temer. Bueno, nada si, por obligada añadidura, no corría una gota de sangre judía, mora, negra o india por las venas porque si la sangre no era de la considerada limpia... era más fácil acabar en el quemadero.

Pero el resto, mientras balara con el sonido adecuado, mientras fuera por las trochas y veredas designadas por clérigos y nobles, mientras no se apartara de las cañadas establecidas, estaba más o menos seguro.

El problema real venía cuando alguien decidía ser un salmón. Sí, un salmón que, como sabe cualquiera, es ese pez que nada contracorriente para asegurar su supervivencia y la de su especie. Si alguno decidía ser un salmón, aunque la inmensa mayoría ni se enterara, el resultado podía ser letal. No acudir a todas y cada una de las fiestas religiosas, no asentir con la cabeza a cualquiera de las estupideces que pudiera pronunciar impune desde el púlpito el cura, no escupir odio contra los moros que habían desaparecido del lugar hacia siglos o contra los judíos de los que no quedaba rastro alguno, se consideraba sospechoso.

Lo era también no trabajar en sábado o no comer carne de cerdo o mudarse al final de la semana o... leer. ¿Por qué aprender a leer si las oraciones que nos llevan al cielo se pueden aprender de memoria sin necesidad de entender una sola palabra? ¿Por qué educarse más allá de saber la manera en que se criaban las ovejas o se cultivaba el suelo? ¿Por qué saber nada que excediera la sumisión total absoluta a aquellos que vivían del sudor y la sangre de los que labraban, trabajaban, construían? ¿Por qué?

Para el exiliado, la respuesta resultaba obvia. Como mínimo, para no verse reducido a la condición de una bestia de dos patas que se diferenciara de las que tenían cuatro en algo más que en poder mal articular algunas palabras.

Aprender, saber, descubrir algo que fuera más allá de conocer donde estaban las eras o el arroyo o la iglesia del pueblo; dejar que la mente se elevara como aquellos pájaros que marchaban en el invierno y, tras viajar a lugares desconocidos, regresaban en primavera; descubrir realmente por qué estábamos aquí y captar que no era sólo para pagar impuestos a los grandes desaprensivos y entregar diezmos a los clérigos codiciosos... sí, todo eso lo había deseado el exiliado desde hacía mucho, mucho tiempo atrás.

Al regresar de la universidad, no se había dedicado a administrar olivares y viñas como hacían otros. Tampoco había deseado oro y gloria y marchado por ello al otro lado del mar. Mucho menos había querido dar con sus huesos en un despacho como cualquiera de los escribanos, jueces y contables que abundaban en demasía en el reino. El exiliado, a diferencia de la inmensa mayoría de los estudiantes que pasaban por la universidad, había abandonado las aulas quizá no creyendo en sus profesores, pero sí deseando saber más, mucho más de lo que había logrado recibir.

Todas las noches, a la luz de un cabo de vela, se había entregado, vez tras vez, al estudio, un estudio que complementó y no pocas veces sustituyó el que había vivido en sus años de estudiante.

En esos momentos que el exiliado había acariciado con verdadera delectación, no habían sido escasas las ocasiones en que otra luminosidad, la procedente del amanecer, le había anunciado que había pasado toda la noche en blanco. Jamás le importó lo más mínimo porque, en aquellas horas arrebatadas al sueño, había aprendido.

Sí, había aprendido en el sentido más noble del término. La sólida costra de centenaria superstición, de ignorada ignorancia, de ansiado fanatismo, aquella costra acumulada durante siglos sobre el cuerpo y el alma de los otros súbditos del reino se había cuarteado, primero, para luego romperse y, pedazo a pedazo, irse cayendo.

Al principio, se sintió feliz. Fue cómo si hubiera sido un galeote deshecho al que anuncian que un perdón regio lo pone en libertad; cómo un enfermo desahuciado al que el médico revela que está a punto de curarse; cómo un miserable hambriento al que señalan que acaba de recibir una herencia cuantiosa.

De aquellos libros que había ido comprando poco a poco, comenzó a brotar una alegría profunda, una luz casi cegadora, una ilusión limpia que, en ocasiones, lograban detenerle la respiración. Era feliz y, por añadidura, en ocasiones se percataba de ello.

Sin embargo, luego... luego, no cabía la menor duda, había llegado el miedo. No hubiera podido decir con exactitud cuando sucedió, pero era consciente de que un día sintió que debía vigilar sus palabras, sus pasos, hasta la última de sus acciones. Comprendió que una expresión mal interpretada, una denuncia maliciosa, un vecino envidioso podían significar el final de su dicha. Su vecina, a fin de cuentas, no le había descubierto nada. Simplemente, había confirmado sus peores sospechas.

CAPÍTULO 4

El exiliado pasó la raya del reino con facilidad. A decir verdad, resultó mucho más sencillo de lo que había pensado. Durante algunas jornadas, había dormido oculto durante el día y viajado en el curso de la noche. Ni una sola vez se cruzó con sus perseguidores. Había que llegar a la conclusión de que pensaban que les llevaba ventaja y de que se habían esforzado por seguir su rastro y así sólo habían conseguido, al fin y a la postre, alejarse de él. Reflexionando sobre ello, el exiliado no pudo evitar sonreír.

A fin de cuentas, hacía mucho que estaba convencido de que todo descansaba en las manos de Dios, un dios bien distinto del que veneraban aquellos que deseaban atraparlo para arrancarle la vida.

Los alimentos del exiliado se habían agotado totalmente y llevaba casi un día caminando sin más ruta conocida que la de dirigirse hacia el norte cuando, de la manera más inesperada, contempló a lo lejos un hilo de humo que se elevaba trémulo por el aire. Se detuvo indeciso. Podía proceder de una hoguera, de un incendio, de una casa.

Se dijo, finalmente, que, en cualquier caso, merecería la pena acercarse. Tuvo que subir y bajar un par de cerros para disponer de un panorama más completo. Entonces descubrió que una irregular chimenea incrustada en un tejado de piedra era el lugar de origen de aquel fenómeno que le había llamado la atención. En otra ocasión, en otro lugar, quizá hubiera pasado de largo, pero ahora, sin alimentos, sin la menor corriente de agua a la vista, no tenía más que remedio que aproximarse y ver si conseguía algo de comida y quizá incluso un lugar donde pasar la noche.

Descendió la loma en la que se encontraba y cubrió la distancia, unos trescientos pasos, que lo separaba de la casa. Apenas se encontraba a unas zancadas cuando un hombre salió por la derecha del edificio. Llevaba una guadaña en la mano y lo mismo podría estar afilándola que esgrimiéndola como una advertencia.

De manera instintiva, el exiliado se llevó la diestra al corazón, inclinó la cabeza en signo de respeto y le preguntó si era el señor de la casa. El aparecido frunció el ceño y le respondió, pero de manera entrecortada, como si aquella no fuera su lengua. El exiliado pensó que podía tratarse de una de aquellas personas que iban a trabajar por un tiempo al reino del que él procedía y que luego, con algún dinero ahorrado, regresaban a su país de origen para vivir una existencia que aspiraba a ser algo mejor. Se dijo el exiliado que, según como hubiera sido su experiencia, cabía esperar que sería el trato que le dispensaría.

—Me he quedado sin comida —comenzó a decir con esa voz que se eleva instintivamente como si gritar permitiera a otros entender mejor una lengua extranjera—. ¿Sería posible que vos...?

—*Tengo trabayo* —le cortó el granjero—. *Si vos travaya yo dar comida.*

El exiliado sonrió y asintió con la cabeza.

—*Coye hacha y corta* —dijo el granjero a la vez que señalaba en rápida sucesión un hacha apoyada contra uno de los muros de la casa y un montón de troncos.

El exiliado dejó en el suelo las alforjas y se acercó al lugar donde estaba el hacha. Era pesada y áspera al tacto, el tipo de instrumento que no se utiliza sólo para cortar unas ramitas. Luego caminó hasta los troncos y comenzó a partirlos. Nunca antes había realizado esa tarea salvo de manera muy ocasional y no tardó en sentir un dolor que le comenzó en el hombro y luego se deslizó cada vez más punzante a lo largo de la columna vertebral hasta golpear contra sus riñones y después se extendió de manera paralela por el brazo hasta desembocar en la punta de los dedos.

Inicialmente, se trató de una molestia, pero, en muy poco tiempo, cada hachazo que asestaba a la leña le devolvía un latigazo doble de dolor que se extendía de la mano derecha a la cintura. No mucho después, los nudillos, la muñeca, el codo y el hombro comenzaron a lanzarle oleadas de dolor que se producían cada vez que despedazaba la leña con el hacha. Inesperadamente, se encontró sonriendo y pensando que era como si la madera se vengara y le devolviera los golpes.

En medio del dolor creciente en sus miembros, notó que el corazón le latía más deprisa y que el sudor que ya le bañaba todo el cuerpo comenzaba a caerle en goterones desde la frente. Pero lo que más le inquietó fue descubrir que en las manos se le estaban formando ampollas.

Por un instante, el exiliado se sintió abochornado de sí mismo. Le dio vergüenza su debilidad física y la poca resistencia que manifestaba su cuerpo. De hecho, en las horas siguientes, creyó más de una vez que no podría mantener aquella actividad sin desvanecerse en algún momento. Comenzaba a contemplar con aprensión el montón de leña que le quedaba por cortar cuando escuchó al granjero:

—*Agua, allí.*

Siguió con la mirada el gesto del hombre y vio un barril viejo sobre el que colgaba un cacillo sujeto a una cuerda. Con paso trémulo por el cansancio, se acercó al recipiente, hundió el cazo en la superficie oscura y, tras llevárselo a los labios, absorbió goloso el agua como si nunca antes hubiera sentido tanto su necesidad. Primero, fueron su boca y su garganta, pero luego sintió como si aquellas gotas se expandieran por todo su cuerpo refrescando las partes doloridas y proporcionándoles un vigor pues estaba más que abrumado en las horas anteriores. ¡¡¡Qué buena estaba y qué bueno era Dios por haber creado el agua!!!

El sol había comenzado a caer morosamente por la irregular línea malva del horizonte, cuando el hombre apareció en la puerta de la casa y le dijo:

—*Ven.*

Estaba a punto de entrar en la vivienda, cuando recibió una nueva orden:

—*Antes lava manos* —dijo mientras extendía la mano apuntando hacia la derecha.

Pasó la mirada en torno suyo hasta que reparó en un pozo en cuyo broquel reposaba un cubo de madera. Le costó no poco dar los pasos necesarios para alcanzarlo. Las piernas se le doblaban como si fueran de trapo y el dolor que le atenazaba la espalda le pareció aún más agudo.

Con todo, llegó y, por un instante, se apoyó en la superficie irregular de piedra buscando recuperar el vigor que se le había reducido a añicos en las horas anteriores.

Descubrió con malestar que el cubo estaba vacío. La idea de tener que lanzar el cubo hasta las profundidades del pozo para luego tirar de él le pareció abrumadora. Sin embargo, no había otra salida. Escuchó cómo el recipiente se estrellaba contra la superficie acuosa y luego le pareció escuchar cómo se deslizaba, entre borboteos, hacia el fondo.

Sujetó ahora la cuerda unida al cubo y, al hacerlo, notó el corte áspero del cáñamo contra sus heridas. Tiró y, ciertamente, había que reconocer que el peso no era mucho, pero cada vez que jalaba le parecía que un instrumento de tortura se cebaba con las palmas de sus manos. De manera repentina, se le ocurrió colocarse la cuerda bajo el brazo y tirar entonces. Sólo cuando contempló que el cubo asomaba por el broquel, volvió el exiliado a utilizar las manos. Debería entonces haberse limitado a lavarse las manos, pero, cuando sintió el frío que le rodeaba de la punta de los dedos a la muñeca, se detuvo. No hizo ningún movimiento. Se limitó a sentir, de manera placentera y dolorosa a la vez, aquella humedad gélida.

—*Ven* —escuchó que le decía el hombre sacándolo del ensueño que había disfrutado por unos instantes.

El exiliado se apresuró a lavarse las manos y se dirigió a la casa.

—*Entra* —le dijo el hombre mientras empujaba la puerta.

Necesitó unos instantes para acostumbrar los ojos a la penumbra que oprimía el interior de la casa. En aquella zona del mundo... sí, quizá el habitáculo carecía de ventana y no la tenía porque para que se diera tal circunstancia había que pagar un impuesto especial. ¡¡¡Miserable ocurrencia de los que mandaban: encontrar nuevos impuestos para todo!!! Aquel labrador seguramente se deslomaba de sol a sol y lo hacía bajo el sol, la lluvia y el cierzo, pero las autoridades le exigían un pago para que los rayos del astro rey pudieran entrar en su casa iluminándola.

Se sentaron a la mesa. Al fondo, un perol se calentaba bajo un fuego raquítico. Gracias a la luz que se deslizaba por la puerta entreabierta, el exiliado pudo captar otros tres bultos agazapados en la habitación. Se trataba de una mujer de gesto huraño y dos niños, varón y hembra, que se agarraban a su faldas, que lo miraban con una mezcla de temor y desconfianza. Sí, seguramente para ellos, era sólo un intruso que venía a privarles de un pedazo de pan arrancado con duro esfuerzo a la tierra. El hombre se dirigió a la familia para explicar quién era el exiliado y lo hizo con unas palabras que le resultaron conocidas. ¡¡¡Gracias a Dios hablaba una lengua que conocía!!!

La mujer destapó el perol y una vaharada de vapor salió despedida hacia las alturas. El olor del guiso no era agradable ni atractivo, pero el exiliado estaba desfallecido y necesitaba con urgencia algo caliente que echarse al estómago. A decir verdad, cuando vio cómo depositaba en su escudilla un par de cazos se sintió más que dichoso.

Inclinó la cabeza y musitó una oración mientras la familia se santiguaba, luego comenzó a comer utilizando la rebanada de pan que le habían dado como cuchara. No hubiera podido decir qué era exactamente lo que se llevaba a la boca. Ni la textura ni el sabor eran apetecibles, pero el sentimiento de gratitud lo embargó.

Había deglutido la mitad de la escudilla cuando notó cómo el hombre de la casa le agarraba la mano izquierda y le daba la vuelta. Observó la palma, deslizó por ella los dedos y aseguró:

—*Vos... vos no villano.*

El exiliado le respondió en la lengua en que se había dirigido a su familia. La conocía al menos para poder comunicarse con soltura.

—¿Habláis mi lengua? —indagó sorprendido el campesino.

—Un poco, sí. Y es cierto que no soy villano.

—¿Noble?

—Doctor —respondió el exiliado.

—¿Estudiasteis?

El exiliado asintió con un gesto de cabeza.

—Por eso vuestras manos son finas y os las habéis llenado de ampollas —dijo el hombre de la casa aunque no estaba claro si se limitaba a pensar en voz alta. Guardó silencio por un instante y, finalmente, dijo:

—Tengo algo de vino. ¿Os gustaría compartir un jarro?

—Os lo agradezco, pero no quisiera...

El hombre no lo dejó terminar. Antes de que el exiliado hubiera podido terminar la frase se había puesto en pie, se había hundido en las espesas sombras del angosto lugar y, tras unos ruidos cuyo origen no era fácil de determinar, había colocado sobre la mesa dos jarritos de barro.

—¡A vuestra salud! —dijo mientras alzaba el jarro antes de llevárselo a la boca.

El exiliado repitió el gesto, pero apenas se mojó los labios.

—No es bueno que un hombre como vos, un doctor, se destroce las manos. Sin duda, no estáis acostumbrado y así debe ser porque vos no sois un labrador... ah, la vida del campesino es muy dura, señor, sí, muy dura. Cuando Dios castigó a nuestros primeros padres con el trabajo la peor parte recayó sobre nosotros.

—El trabajo no es un castigo de Dios —dijo el exiliado e, inmediatamente, se arrepintió de haber dejado escapar aquellas palabras.

El campesino frunció el ceño al escuchar la afirmación del exiliado.

—¿No? —dijo con una voz rezumante de duda—. ¿De verdad que no? Pues tal y como vivimos...

El exiliado dudó. Por un lado, estaba convencido de que aquella conversación estaba penetrando en un territorio peligroso; por otro, fuera de su pueblo, se sentía incapaz de callar.

—No —dijo al fin con un suspiro —al principio no fue así. Dios creó a Adán y lo colocó en el huerto del Edén y le dijo que lo cuidara. Le ordenó trabajar y Adán le obedeció. Todo eso sucedió antes de la desobediencia y de la expulsión.

—¿En el paraíso Adán vivía tan mal como yo? —dijo incrédulo el campesino.

—No —respondió el exiliado— vivía como ninguno de nosotros ha vivido jamás, pero trabajaba. Por supuesto, no como vos todos los días o como yo, hoy, pero trabajaba.

—¿Entonces queréis decirme que el trabajo no es un castigo de Dios como dice el párroco? —indagó el sorprendido campesino.

—No. No lo es —respondió el exiliado animado por la mención del clérigo—. El trabajo fue creado por Dios para bien de todos. Lo único que es malo es la manera en que los hombres han estropeado ese plan de Dios. Trabajar para uno y para otros es muy bueno. No hay nada deshonroso en hacerlo con las manos. Nada. Nada en absoluto. Lo intolerable es que otros se aprovechen de ese trabajo, que os quiten con impuestos el fruto de su sudor, que lo utilicen para no tener ellos que trabajar.

El exiliado notó que el campesino arqueaba las cejas y que, acto seguido, se llevaba el jarro a la boca apurando con un trago largo todo su contenido. Saltaba a la vista que aquellas palabras lo habían abrumado y que no acertaba a poder digerirlas.

—¿Por eso —comenzó a hablar al fin —no me dijisteis quién erais y comenzasteis a cortar leña?

—Cortar leña es tan digno como dictar sentencias, celebrar misa o gobernar —respondió el exiliado.

—Se os va a enfriar la comida —intervino la mujer —y fría no está buena.

—Sí —dijo el exiliado que percibió un cierto tono de alarma en las palabras—. Creo que tenéis razón.

CAPÍTULO 5

El exiliado permaneció con la familia unos días. Durante su curso, el exiliado pensó que la vida de aquellas gentes no era, en el fondo, tan mala. Sí, era cierto que se hallaba sujeta a eventualidades como la lluvia y el sol, como la enfermedad y la sequía, como los insectos o las heladas, pero, con todo y con eso, a pesar de esa inseguridad, era sencilla, fecunda y hasta cierto punto dichosa. De no haber estado sometidos a los caprichos de los poderosos, aquellos cuatro seres humanos hubieran podido ser incluso felices.

Cuando el padre de familia le sugirió quedarse con ellos y compartir su labor y los frutos que de ella derivaban, el exiliado rechazó el ofrecimiento, pero lo hizo no por la modestia de esa existencia sino porque sabía que su destino no era quedarse cómodamente establecido en algún punto del camino sino llegar hasta el final.

Cuando se despidió de aquella familia, llevaba las alforjas llenas. No le habían podido dar nada por su trabajo salvo comida, pero para él se trataba de un pago más que suficiente.

Aunque el exiliado seguía fielmente la regla de procurar viajar lo más posible de noche y no dejarse ver durante el día, lo cierto es que, poco a poco, con el pasar de los días, fue incurriendo en conductas imprudentes.

Primero, se acercó a los caminos lo suficientemente como para poder contemplarlos a distancia. Luego situó su itinerario, de manera imperceptible, a la altura de las cunetas. Finalmente, siguió los caminos como cualquier otro viajero desprovisto de cuidados.

Comenzó a disfrutar el sol y el aire y el paisaje y el vuelo de las aves. Incluso cuando llovía, la carrera hasta un árbol bajo el que cobijarse le comunicaba una deliciosa sensación de libertad. El viaje había dejado de ser un medio para convertirse en una experiencia que, a pesar de las escaseces, resultaba grata.

Fue así como, al cabo de un par de días, el exiliado llegó a aquella villa. Se trataba de una población de forma irregular situada en lo alto de una colina y separada del lugar donde se encontraba el exiliado por un puente de piedra. Se dijo que, muy posiblemente, la construcción venía de la época de los romanos y que quizá aquel lugar había estado habitado por siglos e incluso milenios.

Tras varias semanas de vagar por regiones agrestes, el contemplar aquella población le causó una sensación rara. No era tan grande como Valladolid, Sevilla o Toledo, pero aun así se trataba de una urbe y no de un poblacho y sus edificios se le aparecían regulares y sólidos. Por un instante, pensó si no sería más prudente dar un rodeo y evitarla, pero, en esta ocasión, la curiosidad del exiliado pudo más que su cordura.

Descendió la cuesta suave que llevaba hasta la cercanía del puente y lo cruzó con paso decidido. Sólo por un instante, se asomó para ver la corriente, quebrada y llena de guijarros, que discurría por debajo. Recordó entonces que, hacía sólo unos días, otro puente le había salvado la vida. Se preguntó entonces si quizá se trataría de un signo de buen agüero.

Tenía la mirada tan clavada en el camino que llevaba en ascendente zigzag hacia la ciudad que no reparó en los dos guardianes que estaban a la puerta de una casamata situada a la izquierda del puente. Ellos sí lo vieron.

Clavando su mirada en el suelo, como si estuvieran buscando algo, le dejaron pasar sin un gesto ni una palabra. El deseo de mantener el resuello y de llegar con fuerza suficiente a la puerta de la ciudad distrajo al exiliado. Le resultaba grato poder subir aquella colina y notar el aire golpeándole en la cara y pensar que, seguramente, era ahora más fuerte que cuando se había visto obligado a exiliarse. Por unos instantes, se sintió no dichoso sino poderoso. Sí, poderoso. Era como si, en aquellos momentos, el mundo entero con todo lo que contenía estuviera a su disposición.

—¡Eh! ¡Tú! —el grito que había sonado a su espalda sacó al exiliado de su grato ensimismamiento.

—¡Tú! ¡A ti te digo! —repitió la voz y el exiliado se volvió para ver a quién se dirigía.

—¡Sí! ¡Es a ti! —oyó mientras veía cómo un guardia con un casco a la cabeza le señalaba con el índice de la mano derecha.

El exiliado miró en torno suyo a ver si el guardia se dirigía a alguien más, pero no llegó a tener ocasión de comprobarlo. El hombre dio unos pasos hasta él y le propinó un empellón en el pecho que lo lanzó contra el suelo.

—¿Es que eres sordo? —le preguntó el guardián.

El exiliado intentó levantar la mirada y ver al hombre que acababa de agredirlo, pero el sol le daba en la cara. Instintivamente, se colocó la mano ante los ojos como si aquella visera improvisada le permitiera contemplar con claridad a su agresor.

—¿Qué pasa? —gritó el guardián mientras le propinaba una patada en la pierna—. ¿Te tapas la cara por si te doy un puñetazo?

—No, señor —respondió el exiliado en el tono más respetuoso que pudo.

A continuación, intentó levantarse, pero entonces sintió la bota del guardián colocada sobre su pecho y empujándolo contra el suelo una vez más.

—¿Acaso te he dado yo permiso para que te levantes? —le dijo.

Fue entonces cuando el exiliado comprendió que no existía el menor error en la conducta de aquel hombre. Se trataba de un comportamiento querido. Querido además a conciencia.

Reparó entonces en que el guardián llevaba una espada colgando de su tahalí y que, a mano derecha, tenía también una daga. Supo que sólo la prudencia más aquilatada podría salvarlo de aquella situación. ¿Aquella situación? En realidad, ¿qué situación? ¿Podían haberlo reconocido como a un perseguido del Santo Oficio? Pero ¿cómo? ¿En otro reino?

—Decidme lo que deseáis, señor, y lo haré —respondió el exiliado con un tono lo suficientemente sumiso como para evitar el ser golpeado de nuevo.

El guardia arrugó la frente. Quizá había esperado una resistencia del exiliado y se sorprendía por su actitud sumisa. De momento, se llevó la mano a la barba y se la acarició pensativo. Sí, parecía que no se esperaba esa actitud.

—Ponte en pie y te conduciré ante el alguacil —dijo al fin.

El exiliado sintió como el corazón se le encogía al escuchar aquellas palabras. Intentó tranquilizarse diciéndose que no era posible que lo hubieran reconocido, pero no logró apartar la zozobra de su corazón. En cualquier caso, no le quedaba otra salida que obedecer. Una vez en pie, inclinó la cabeza en un gesto de reverencia y suplicó:

—Decidme hacia dónde debo ir.

Nuevamente, se dibujó en el rostro del guardián un gesto de extrañeza. Definitivamente, se dijo el exiliado, aquel hombre no estaba acostumbrado a ese comportamiento. Si acaso a la protesta e incluso a una cierta resistencia. No sería él quien cayera en ninguna de esas conductas.

El guardián movió el mentón y el exiliado se puso en movimiento. Mientras caminaba, se volvía para comprobar si le seguía el hombre armado. Efectivamente, así era. De esa manera, llegaron ante un edificio que tenía todo el aspecto de ser el lugar donde se acuartelaba la guardia de la ciudad.

—Pasa, pasa —dijo con tono cansino el guardia que lo custodiaba.

El exiliado obedeció. Una sensación de desagradable gelidez lo envolvió nada más cruzar el angosto umbral. En un cubículo situado a la derecha, dos guardias jugaban a los naipes en medio de gritos y risotadas. Sin duda, estaban divirtiéndose, pero interrumpieron su pasatiempo cuando vieron al exiliado.

—¿Quién es éste, Jean? —preguntó uno de ellos dirigiéndose al hombre que había detenido al exiliado.

—Un espabilado que ha pasado el puente sin pagar —respondió de manera despectiva.

Los dos guardianes dejaron las cartas sobre la mesa mientras se intercambiaban miradas empañadas por un gesto de sucia diversión.

—No aprenden, no aprenden... —dijo uno de ellos levantándose y acercándose a la pared para descolgar un manojo de llaves.

El exiliado sintió cómo le propinaban un empellón en la espalda que a punto estuvo de hacerle estrellarse contra el suelo.

Cuando el hombre de las llaves se colocó delante de él y comenzó a desplazarse por el corredor llegó a la conclusión de que era señal evidente de hacia donde tenía que dirigirse.

A medida que avanzaban, sentía un frío y una humedad crecientes, tan acusadas a decir verdad que pensó que se le agarraban a la garganta y le golpeaban, como si se tratara de un martillo, la columna vertebral. Desde luego, se trataba de un lugar bien desapacible. Su impresión empeoró cuando el hombre que lo predecía comenzó a descender por una escalera de piedra. ¡Dios santo! Si el frío era así a ras de suelo, ¿qué podía suceder bajo tierra?

Antes de comenzar a bajar, el hombre había descolgado de la pared una antorcha y se hundió en la agobiante negrura. Notó con desagrado los peldaños peligrosamente resbaladizos. Instintivamente, el exiliado extendió las manos hacia las paredes para no caerse. Lo peor que le podía suceder en aquellos momentos era acabar con un tobillo torcido o una pierna rota.

Fue así como llegaron a un corredor de techo bajo donde el exiliado, prudentemente, bajó la cabeza, para no golpeársela y donde apenas se podía ver un redondel luminoso que rodeaba la trémula llama. Sabía que detrás de él, con toda seguridad, caminaba el guardia, pero sólo por el sonido de los pasos.

—Ya hemos llegado —dijo el hombre que lo precedía—. Aquí es.

Acto seguido rebuscó entre el manojo de llaves que llevaba hasta que dio con la que buscaba y la introdujo en la cerradura. El chirrido áspero de los goznes fue sólo el preludio de una bocanada áspera empapada de un tufo a sudor, orines y suciedad. El exiliado se dijo que aquel debía ser el lugar donde iban a encerrarlo, pero, al escuchar algunos gruñidos en el interior, comprendió que no podía ser una de las mazmorras del Santo Oficio. Se trataba, con seguridad, de una prisión común y, a pesar de lo horroroso de la perspectiva, se sintió aliviado. Era malo, muy malo, pero podía ser peor. Así es, a fin de cuentas, la vida.

Pero no pudo reflexionar mucho. Antes de que pudiera darse cuenta, notó cómo alguien —seguramente, el guardián que lo seguía— daba un tirón de sus alforjas y, en paralelo, el hombre del manojo de llaves lo empujaba hacia la oscuridad.

Aún no se había cerrado la puerta del todo tras de él, cuando pudo escuchar cómo el guardián decía:

—Pase lo que pase, nos vamos a quedar con todo lo que tiene.

—Jo, jo, jo —respondió el otro—. Sí, te espera un buen bonus.

CAPÍTULO 6

Como se había temido desde el principio, tuvo que esperar antes de comparecer ante el juez. ¿Cuánto? Le habría resultado muy difícil responder a esa pregunta con exactitud. Sólo un ventanuco situado al final de una pared inclinada permitía intuir si todavía era de día o si ya habían caído las tinieblas de la noche. Lamentablemente, el sueño, la duermevela, la simple presencia de un confinado que había logrado trepar hasta el lugar en busca de aire fresco le impedían ver con claridad.

Cuando, finalmente, lo llamaron, el aspecto del exiliado era sucio, todo él apestaba y el cabello y la barba se habían transformado en una masa más parecida a la estopa que a cualquier otro material propio de un ser humano. Al verse a la luz, comprobó que su calzado y su ropa mostraban las más diversas manchas. ¿De qué? No se hubiera atrevido a decirlo. Vómito, orín, excrementos, polvo... de todo revuelto. El juez, ciertamente, iba a tener que ser muy hábil para poder percatarse de que no era un vagabundo.

—Ve subiendo —le dijo el carcelero tras verle fuera de la celda.

Se dio cuenta entonces de que, en todo aquel tiempo, nadie le había preguntado por su nombre. Captó entonces lo que le pareció la clave de su detención. Sabían que estaba allí, claro está, y ahora lo arrancaban del confinamiento, pero, en realidad, no les interesaba cómo se llamaba sino sólo lo que podían sacar de él. La cuestión era descubrir si un juez corregiría aquel entuerto y si no con qué estarían dispuestos a conformarse.

Cuando llegó al piso superior, lóbrego, oscuro y húmedo, al exiliado le pareció revivir. Se mirara como se mirase, era mucho más luminoso, ventilado y hospitalario que lo que había soportado en los días anteriores. La vida tiene esas ironías. Lo que es sencillamente horrible y sórdido puede parecernos razonablemente bueno cuando venimos de lo pavoroso.

Sufrió un arañazo en las pupilas cuando se encontró ante la claridad de la salida a la calle. A decir verdad, se sintió tan aturdido que apenas se percató de que le colocaban grilletes en las manos y en los pies. Un empellón más y estuvo totalmente expuesto a la luz del sol. Entonces experimentó un dolor insoportable sobre los ojos, una tenaza que le oprimía las sienes y un impulso irresistible de taparse los párpados ya cerrados con las manos.

—¡Vamos! ¡Camina! ¡No vamos a estar aquí todo el día!— escuchó y se esforzó por empezar a andar. Sin embargo, jamás lo habían encadenado a lo largo de su vida y a punto estuvo de trastabillar y estrellarse contra el suelo.

—¡Vamos! ¡Vamos! —lo azuzó el guardián.

Cuando, tras lagrimear, el exiliado pudo levantar la cabeza se percató de que quien lo conducía hacia Dios sabía dónde, era el mismo personaje que lo había detenido unos días atrás. Iba a su lado y ahora pudo ver mejor su fisonomía. Era un sujeto algo más bajo que él, delgado, de manos grandes. Su rostro chupado, de facciones finas aunque feas, concluía en una barbita en punta.

Se percató entonces de que la nariz de aquel hombre se mostraba cabalgada por una verruga espantosa. Por supuesto, mucha gente tiene alguna verruga y no tiene mayor importancia, especialmente, si no son accesibles a la vista, pero aquel sayón era, en realidad, una verruga adherida a un cuerpo. No se había percatado de ello cuando le había empujado, le había tratado con desconsideración, se había comportado con él miserablemente, pero ahora, a la luz del sol... Antes de que pudiera darse cuenta se escuchó diciendo:

—Señor, si alguna vez deseáis libraros de eso que tenéis en la nariz, yo puedo ayudaros.

El guardia movió el rostro como si hubieran accionado un resorte mientras en sus pupilas se reflejaba una mezcla de sorpresa y cólera.

—Conozco las artes curativas —se apresuró a decir el exiliado—. Por tratarse de vos, estaría dispuesto a ejercerlas gratis. Como... como una muestra de gratitud y buena voluntad.

Las cejas del guardián se levantaron en un gesto a mitad de camino entre la sorpresa y la esperanza. Abrió los labios para decir algo y así los mantuvo por un instante, pero, inmediatamente, los cerró antes de que saliera de ellos el menor sonido.

Se mantuvo en silencio, aunque su cara fue dibujando extraños gestos hasta que llegaron a un edificio de piedra blanca.

—Es aquí —dijo el guardián, pero esta vez su tono de voz era muy diferente. Luego añadió:

—Esperad.

El exiliado no pudo evitar parpadear al darse cuenta de que ya no era tú sino vos para la persona que lo custodiaba. Quizá... quizá...

—Vamos —le dijo conservando el mismo énfasis de respeto —Pasad.

Surcaron la puerta y ante el exiliado se extendió un corredor mal iluminado donde se agolpaban otros seres —en su mayoría, eran hombres— cargados, como él, de cadenas.

—Esperaremos hasta que nos llamen —dijo el sayón e inmediatamente añadió:

—Esto puede ir para largo o sea que os aconsejo que os sentéis en el suelo u os apoyéis contra la pared.

El exiliado optó por la segunda posibilidad. Mantenerse en pie era algo que agradecía tras los días pasados en confinamiento. Desde luego, necesitaba desentumecer los miembros más que descansar.

Por suerte, no tuvieron que esperar mucho. Quizá los antecedieron seis o siete personas, pero para el exiliado poder ver lo que estaba a un par de varas de él, respirar un aire más puro, mirar a su alrededor eran sólo motivos de alegría que diluían las molestias. Finalmente, escuchó que el sayón le decía que había llegado su hora.

La sala en la que entraron era pequeña. Al frente, en un estrado se encontraba sentado alguien al que identificó como el juez. A derecha e izquierda, un escalón más abajo, se encontraban los que podían ser el fiscal y el defensor aunque ignoraba el exiliado quién era cada cuál y qué podrían decir ya que, en ningún momento, habían intercambiado una sola palabra con él. Finalmente, adosado a una mesa rebosante de papeles, se veía a otro personaje que el exiliado imaginó que era el escribano.

El juez se pasó la mano por la cara, como si deseara acariciarse en un gesto de autocomplacencia.

—¿Quién es el siguiente? —preguntó.

—Señoría, este hombre —dijo el sayón.

—¿Qué ha hecho? —preguntó el juez con un tono de voz inquietantemente despreocupado.

—Pasó el puente sin pagar el derecho de pontazgo —respondió el guardia.

—Ya veo —dijo el juez— no pagó el derecho de pontazgo. ¿Protestó? ¿Se resistió?

—La verdad es que no, señoría —contestó el hombre de la verruga provocando que una de las cejas del juez se levantara en un gesto de sorpresa.

—No, ¿eh? —comentó el juez—. Bueno, de todas formas es muy grave. Sí, muy grave. Tenemos que proteger el puente. No puede pasar cualquiera por él y además... bueno, además nadie puede entrar a disfrutar de esta ciudad extraordinaria... gra... tisss.

Dejó la palabra flotando en el aire como si se tratara de una cometa y reanudó su exposición.

—El acusado tendrá que pagar el derecho de pontazgo, más una multa del cincuenta por ciento por quebrantar la ley, más un recargo de un cien por cien. ¿Tiene bienes el acusado para abonar la cantidad?

El exiliado intentó hablar, pero el sayón se adelantó.

—Se le ocuparon unas alforjas con algunas camisas, un par de libros y algunos instrumentos de lo que podría ser su oficio. Los libros y los instrumentos...

—Con los libros os podéis quedar vos —cortó el juez—. ¿No llevaba una montura, un carro, una carretilla... algo más...?

—No, señoría —respondió el guardián— sólo lo que os he comentado.

—Me parece poco. Sí, muy poco. Qué se le va a hacer... todo sea por Dios. Dispongo que queda confiscado todo lo que llevaba encima. Incluidas las botas que lleva puestas ahora y que no parecen malas. Como hay todavía una diferencia que debe cubrir... sí, una diferencia, los pasará trabajando dos meses en obras municipales y como habrá que mantenerlo durante ese tiempo... pasará otro mes más para pagarlo. ¿El acusado tiene algo que declarar?

—Señoría —comenzó a decir el exiliado— al cruzar el puente, nadie me dijo nada de pagar un derecho de pontazgo. Lo hubiera abonado con gusto o no habría entrado en la ciudad. Por añadidura, considero que el recargo y la multa...

—No tienes nada que considerar —cortó el juez.

—En ese caso, desearía apelar a...

—No hay otro juez —le interrumpió de nuevo el magistrado.

—El alcalde quizá... —balbució el exiliado.

—El alcalde soy yo —dijo con una sonrisa de satisfacción el juez.

—Pero... —intentó inútilmente razonar el exiliado.

— Yo soy el juez, yo soy el que gobierna esta ciudad y yo dicto las normas que porque yo las dicto son justas. A decir verdad, extraordinariamente justas.

El exiliado sintió como si un manto espeso y negro descendiera sobre él. ¿Qué clase de ciudad era aquella donde un solo hombre dictaba las leyes, las ejecutaba y las aplicaba?

¡¡¡Todo el poder en unas solas manos!!! ¿Qué posibilidad de justicia podía haber en un sitio así?

De su reflexión espantada lo arrancó el golpe del mallete contra la mesa anunciando que la sentencia debía ejecutarse ya. Antes de que se pudiera dar cuenta, estaba en la calle flanqueado por el guardián.

—No crea —le dijo una vez en el exterior—. El trabajo municipal es mucho mejor que el lugar donde ha estado encerrado. Por supuesto, seguirá durmiendo allí, pero mientras lo hace, respirará aire puro.

En otro momento, el exiliado habría escuchado aquel razonamiento con atención e incluso con alivio. Sin embargo, ahora le resultaba totalmente imposible. Al fondo de la calle, acababa de contemplar a tres jinetes. Sintió que las palmas de las manos se le empapaban de sudor y que una opresión insoportable se le posaba sobre el pecho. Aquellos hombres eran los que llevaban buscándolo desde hacía semanas para arrancarle la vida.

CAPÍTULO 7

Con gesto rápido, el exiliado se giró sobre si mismo, se volvió hacia el guardián y le dijo:

—Quizá no os interese, pero os aseguro que puedo quitaros esa verruga.

—Pues...

El guardián no acertó a decir más. Con gesto rápido, el exiliado se colocó de espaldas a los jinetes mientras tomaba la cabeza del guardián entre sus manos y se inclinaba sobre ella lo suficiente como para ocultar prácticamente su rostro.

—Dejadme que la vea a la luz del sol —señaló mientras, con gesto hábil, fue desplazando el ángulo en que se encontraba su cuerpo para lograr que los jinetes no pudieran verlo.

Durante unos instantes, mientras escuchaba con total atención el sonido de los cascos de las monturas de los que llevaban persiguiéndolo meses, palpó con diligencia los alrededores de la nariz del guardián. Lo hizo, emitiendo sordos gruñidos y hondos suspiros, como si tuviera ante los ojos algo de especial relevancia. Sólo cuando estuvo seguro de que no se oía nada dijo el exiliado:

—Dos semanas.

—¿Cómo? —preguntó el guardia mientras se acariciaba la cara ya libre de los dedos del exiliado.

—Sólo necesito dos semanas para quitaros esa verruga

— afirmó con el tono de voz más firme que pudo.

—¿Es... estáis seguro? —balbució el sayón.

—Totalmente —respondió el exiliado acompañando su respuesta con un enérgico movimiento afirmativo de cabeza.

—¿Y... y qué podría costarme? —indagó el guardián con un tono de temor en la voz.

—Nada —respondió el exiliado con una sonrisa—. Absolutamente nada. Será por cuenta de la casa. No, no me digáis nada. No pienso cambiar de opinión.

—Bueno... —dijo el sayón mientras en su rostro chupado se dibujaba un rictus de satisfacción— me parece bien... yo... bueno, yo... yo podría encontraros un buen sitio en el lugar de trabajo...

Por primera vez desde su llegada a la ciudad, el exiliado experimentó una sensación de alivio. Si sus perseguidores iban sólo de paso y no se detenían, seguramente se encontraría a salvo por unos días trabajando para el municipio. En ese tiempo, por añadidura, volvería a aumentar la distancia que mediaba entre ambos. Quizá, a fin de cuentas, podía resultar que la detención le hubiera salvado la vida.

—Tenéis que hacer lo que yo os diga —comentó al guardián a medida que caminaban.

—Por supuesto, por supuesto —contestó el exiliado.

Los días siguientes resultaron, sin ninguna duda, los mejores de su cautiverio. Su captor habló con los hombres que lo custodiaban y consiguió que lo colocaran en un puesto tranquilo. Les convenció de que no merecía la pena que acarreara arena y piedras cuando era alguien que sabía contar, leer y escribir y que, por lo tanto, era capaz de encargarse de las tareas de todos ellos.

Al cabo de tres días, aquellos hombres habían llegado a la firme conclusión de que el nuevo recluso era lo mejor que les había sucedido en mucho tiempo. Mejoraron su ración de comida e incluso consiguieron que, ya durante la segunda semana, se le permitiera dormir fuera de la mazmorra con el argumento de que podía seguir llevando las cuentas y desempeñando otras funciones durante la noche.

No fueron los únicos satisfechos por la cercanía del exiliado. De hecho, por lo que se refería a su captor... o mucho se equivocaba o la verruga se le caería en un par de semanas más.

Durante aquellas semanas, el exiliado captó como nunca antes el valor extraordinario de situaciones que se pasan por alto de manera habitual. Descubrió el placer de respirar aire puro, la alegría de trabajar sin verse confinado, el gozo que crea un pedazo de comida mejor que la consumida poco antes, la satisfacción de ver cómo otros agradecen lo que se hace, el júbilo de no llevar cadenas.

A decir verdad, en más de una ocasión, pensó que, confinado en aquella obra, era más libre que en otras épocas pasadas de su vida. Sí, cumplía una pena, pero, en pocas semanas, se abrazaría a la libertad completa como habría abrazado a su madre o, caso de haberla tenido, a su esposa.

De manera más que significativa, también durante aquellas semanas, no le brotó del corazón ni la más mínima gota de amargura o resentimiento. Quizá se debió simplemente a que era demasiado dichoso cumpliendo con su condena como para poder experimentar el menor sentimiento contra alguien. ¿Por qué preocuparse con otros cuando él sabía que reemprendería pronto su camino hacia la libertad? Y así fueron transcurriendo los días.

—Hora de que os vayáis— e dijo, finalmente, una mañana el sayón que lo había detenido semanas antes.

—¿Estáis seguro? —dijo el exiliado mientras examinaba con satisfacción el vacío que la verruga había dejado en la nariz del guardia.

—Sí, sí... —respondió nervioso el guardián—. Venid conmigo.

Una sonrisa alegre se dibujó en el rostro del exiliado al contemplar el nerviosismo del hombre. Estaría bueno que, al final, lo echara de menos...

Anduvieron juntos hasta la salida de la población sin que ninguno de ellos despegara los labios. Así, llegaron a la puerta opuesta a aquella por la que había entrado unas semanas atrás y, por primera vez, el exiliado pudo ver que el descenso era más blando que por el otro lado y que se extendía hasta perderse en un camino cuyo recorrido era paralelo a un bosque. Se trataba del lugar ideal para perderse, se dijo el exiliado, y reanudar el camino.

Apenas había cruzado el portón, cuando el guardián le dijo:

—Vos no conocéis las reglas de esta ciudad, señor.

El exiliado se quedó sorprendido por el tratamiento que acababa de dispensarle. En ningún momento antes lo había llamado «señor». Se dijo que, ciertamente, la verruga debía haber sido una carga más insoportable para él de lo que había llegado a imaginar.

—En esta ciudad, no se pone en libertad a nadie —continuó el guardián mientras, avergonzado, bajaba la mirada—. Una vez que se arrebata a la persona todo lo que tiene, ya nunca vuelve a ser libre. Cuando sale en libertad, procedemos a detenerla de nuevo, la acusamos de cualquier cosa, le quitamos lo poco que le queda, la convertimos en un esclavo hasta que se nos antoja...

El sayón levantó la mirada y la clavó en el exiliado. Sobre sus ojos, acuosos ahora, se cernía una sombra de pesar, de un pesar que debía resultar agobiante y doloroso.

—Señor —prosiguió el guardia— yo ahora mismo debería deteneros de nuevo... y... y no habría apelación porque...

—Porque la misma persona es legislador, alcalde y juez.

El guardia asintió en silencio con un leve movimiento de cabeza.

—¿Qué me espera? —preguntó el exiliado mientras su corazón latía golpeándose dolorosamente contra la tabla del pecho.

—La libertad, señor, sólo la libertad —respondió el sayón a la vez que se llevaba la diestra a algún lugar situado bajo su capa.

El exiliado se quedó sorprendido al ver que el hombre le ofrecía las mismas alforjas que le había quitado semanas antes.

—Lo único que hay dentro son vuestros libros y... y las botas —dijo.

El exiliado se percató de que aquel hombre, que hasta entonces había sido una ruedecilla dentro de la máquina de la corrupción, le estaba entregando la presa que había recibido el día en que había sido dictada su condena.

—Hubiera querido recuperar algo más, pero...

—Es más que suficiente —le interrumpió el exiliado— más que suficiente.

—Os he incluido también una hogaza —añadió el sayón.

—Muchas gracias —dijo el exiliado— muchas, muchas gracias. Desearía...

—Apresuraos, señor —lo interrumpió el guardián.

El exiliado asintió con la cabeza y se dispuso a dar la vuelta.

Fue entonces cuando, de manera inesperada, apuntó:

—Se os queda la nariz mucho mejor.

El guardián sonrió, se acarició el lugar dejado por la verruga y dijo:

—¿De verdad, lo creéis?

CAPÍTULO 8

Fue salir de la prisión y abandonar aquella población y comenzar a reflexionar en todo lo que no había llegado a discurrir durante su reclusión. Una y otra vez, sus preguntas acababan desembocando en una fundamental:

¿por qué le habían denunciado? Tras mucho darle vueltas, se dijo que todo había recibido un impulso especial el día que decidió socorrer a Fernando.

Aquel mocetón carirredondo y rubicundo nunca había pasado de ser un pobre infeliz. Su padre había fallecido en una de las despiadadas incursiones que los moros llevaban a cabo con frecuencia contra las costas de Levante. Tras la desgracia, las autoridades del reino no habían ayudado ni a su madre viuda ni a él que era un niño. Al fin y a la postre, la pobre mujer decidió abandonar el oriente del país y adentrarse en la meseta. Fue así como, tras dar no pocas vueltas y revueltas, fueron a dar en un pueblo cercano al del exiliado.

Allí, Fernando fue creciendo en altura y contorno, pero no en seso. Durante años se vio empollado por una madre posesiva decidida a que no madurara para que así no desapareciera jamás de casa como un día había desaparecido su marido.

El fruto directo de aquella conducta asfixiante derivada de una madre angustiada por el dolor de la pérdida marital y aferrada a supersticiones fue un muchacho caprichoso, timorato y pronto a airarse.

Un día, aquel jovencito inmaduro dejó embarazada a una moza en las eras del pueblo. El resultado fue un matrimonio forzado, apresurado e infeliz. De repente, Fernando se encontró bajando su pesada testuz de toro ante las continuas reprensiones de una madre que se resentía a dejar de ejercer su dominio mientras su esposa cada vez vertía quejas más amargas contra el despotismo nada oculto de la suegra.

Así, comenzaron a menudear las riñas amargas y, pronto, muy pronto, acabaron por desembocar en las brutales bofetadas y airados mojicones que un Fernando enfurecido propinaba a una esposa que no dejaba de convertir en chillidos su agria desilusión.

La pareja había tenido un hijo al que llamaron José y al que no tardaron en convertir en la cesta a donde iban a parar todos los golpes paridos por la amargura de sus padres. Fernando le asestaba puñadas como si así lograra alejar de sí el sino que lo atormentaba.

En cuanto a la madre, lo veía con un odio que cada vez se fue convirtiendo en más hondo porque había llegado a la conclusión de que sin él su vida hubiera sido seguramente dichosa y, sobre todo, distante de la del marido brutal con el que compartía lecho y, sobre todo, destino.

Difícilmente, hubiera podido pensarse en un cuarteto más desdichado, más miserable y más desesperado que el formado por la suegra, el matrimonio y el hijo de pocos años. Resultaba difícil sorprenderse por el hecho de que la esposa acabara acudiendo al vino como el remedio con el que intentaba sofocar su profundo, sordo e indecible dolor.

La vida del exiliado se había cruzado con la de Fernando de la manera más fortuita. Desde hacía ya tiempo, le había tomado el gusto a retirarse a un pinar cercano al pueblo y allí dedicarse a leer tranquilamente alejado de vistas incómodas.

Siempre había sido prudente a la hora de disfrutar de este jugoso pasatiempo, pero aquella tarde estaba tan enfrascado en la lectura que no reparó en la cercanía de Fernando.

Cuando se percató de la sombra intrusa que caía a su lado, aquel joven de rostro redondo y barba rubicunda llevaba ya un bien tiempo fisgando.

—A la paz de Dios —le dijo más para dejar de manifiesto que lo había descubierto que porque le deseara ningún bien.

—A la paz de Dios —respondió Fernando para añadir inmediatamente:

—¿Qué lee vuesa merced?

Estuvo tentado de eludir darle una respuesta y despedirlo de la manera más cortés y firme posible. Sin embargo, sobre aquella prudente conducta prevaleció la necesidad de compartir la alegría que le provocaban las páginas que había estado leyendo aquella tarde.

Entonces, poco a poco, como si conociera a Fernando de toda la vida, comenzó a compartir con él aquellas ideas nobles y puras que emanaban del libro. Le habló de un Dios que no se encontraba en los templos hechos por manos de hombres, pero que deseaba descender a todos los corazones humanos. Le refirió cómo, por mucho que desearan negarlo, los hijos de los hombres no pasaban de ser seres extraviados y perdidos que necesitaban amparo en el triste devenir de sus existencias. Le relató cómo en ese mundo real resultaba imprescindible contemplar con compasión a todos aquellos que se cruzaban en nuestra existencia.

No reparó, en ningún momento, en que con cada palabra, con cada frase, con cada término descubría una parte de sí mismo que podía ser susceptible de acabar en una hoguera. Llevaba hablando un buen rato cuando Fernando le espetó:

—Quizá vuesa merced pueda ayudarme...

En ese momento, cualquier otro habría olfateado el peligro, pero no fue su caso. Por el contrario, escuchó con atención el rosario de desdichas que Fernando le fue relatando en rápida sucesión. El embarazo no deseado, el matrimonio forzado, la acritud de la esposa borracha, el hijo rebelde y odiado, el nuevo retoño del que ahora estaba embarazada la mujer, la madre enferma y desequilibrada, todo fue saliendo a borbotones de la boca de un Fernando de mirada huidiza y gesto bovino.

A todo escuchó el exiliado con atención y pesar, ese tipo de tristeza que surge al contemplar la desdicha ajena. Antes de que se hubiera dado cuenta, estaba ofreciendo a Fernando proporcionarle algún trabajo eventual que le ayudara a poner comida sobre la mesa. Actuó así movido por un sentimiento de caridad ejemplar y, por supuesto, no sospechó que acababa con su generosidad de dar comienzo a una relación desigual y asimétrica que tendría profundas consecuencias.

Durante los siguientes dos años, aquel hombre que no podía ni imaginar que acabaría siendo un exiliado buscó una y otra vez cómo ayudar a aquel hombre hosco, amargado y, tal y como descubrió pronto, no muy trabajador.

El exiliado solía inventar tareas para Fernando o le pagaba por llevar a cabo actividades que él mismo habría podido realizar sin coste alguno en horas libres. Jamás necesitó que Fernando trabajara para él, pero actuaba así movido por una lástima profunda hacia el desdichado mocetón, hacia la mujer presa del vino, hacia José que no dejaba de llevarse bofetadas y empellones y hacia los dos nuevos retoños —un niño y una niña— que nacieron en años sucesivos.

En las conversaciones que, en ocasiones, compartían, Fernando pretendió comprender lo que el futuro exiliado le explicaba, pero a su interlocutor no le resultó difícil entender que el hombre de rostro redondo y barba rubicunda no es de aquellos que buscan a Dios para entenderse a sí mismos y entender el mundo en que viven sino que más bien pertenecía al grupo de aquellos que pretenden utilizar al Sumo Hacedor como un martillo con el que golpear la cabeza de cualquiera al que ansían destruir.

El exiliado descubrió con sorpresa que las tareas que encomendaba a Fernando no las realizaba muchas veces él sino que las descargaba sobre su esposa.

Semejante hallazgo sucedió casi al mismo tiempo que Fernando le comunicó que estaba frecuentando más que nunca antes al párroco del lugar. Lo que sucedió entonces constituyó un proceso acelerado que no debería haber pasado por alto. Fernando seguía acercándose por su casa en busca de alguna remuneración, pero la actitud de supuesto interés por lo que el futuro exiliado mencionaba en sus conversaciones había ya cedido paso a una visión diferente.

Parecía que, tras su frente estrecha, se habían agazapado unas anteojeras que sólo tenían los colores blanco y negro. De repente, todo lo malo que sucedía, desde su incapacidad para avanzar en la vida a la enfermedad en que había caído su madre pasando por el carácter cada vez más descarriado de su hijo comenzaron a ser vistos como fenómenos que eran resultado directo de la culpa espiritual de los otros.

En el reino, según el mozo, existían seres agazapados que, al separarse de lo que enseñaban los clérigos, colocaban a todos en un territorio amenazado por la ira de Dios. En otras palabras, a Fernando la vida lo trataba mal no porque hubiera sido incapaz de controlarse evitando el embarazo de su novia o porque siguiera siendo un holgazán apenas oculto o porque no hubiera aprendido a crecer hasta comportarse como un hombre o porque continuara pegado a las faldas de su madre sino porque el Altísimo castigaba a la tierra —y dentro de la tierra a él— por culpa de los herejes ocultos.

Al escuchar aquellos razonamientos expresados en una voz que chorreaba cólera mal oculta, el futuro exiliado no pudo evitar sentir temor, pero, a la vez, le resultó imposible dejar de experimentar una profunda compasión por el sufrimiento que atenazaba el alma monstruosamente deformada de Fernando.

Tiempo después se preguntaría si aquella situación que se deterioraba día a día no había experimentado un vuelco cuando Fernando decidió llevar a su madre al santuario de una virgen supuestamente milagrosa. La mujer apenas podía moverse ya, pero su hijo la cargó en un carro y emprendió camino hacia el lugar. Se lo había anunciado el día antes y ambos supieron, aun sin cruzar palabra al respecto, que al futuro exiliado aquella muestra de superstición le parecía inútil y deplorable mientras que Fernando tampoco terminaba de creer en aquella conducta. La mujer murió en medio de dolores espantosos apenas unas semanas después de regresar.

Apenas fue sepultada la infeliz, Fernando le comunicó sus aspiraciones de convertirse en familiar de la Santa Inquisición.

Esta vez, el futuro exiliado guardó silencio. ¿Le contaba Fernando aquello para provocarlo, quería saber sinceramente su opinión o andaba a la busca de su aprobación? En realidad, daba lo mismo. Fernando ansiaba convertirse en parte de aquella institución peculiar que extendía su control por todo el reino y frente a la que el propio rey no se atrevía a disentir.

Se dijo que, quizá, no era algo tan difícil de entender. Si se examinaba la situación de la manera más ecuánime, resultaba obvio que Fernando no tenía ni talento natural ni estudios. Tampoco era laborioso o ingenioso. A fin de cuentas, no pasaba de ser un holgazán malcriado y deseoso de una notoriedad y una posición que jamás podría lograr por méritos o esfuerzos propios.

Mientras reflexionaba en la desnuda realidad del carácter de Fernando, se le agolpó en la mente un apretado remolino de apresuradas imágenes que hasta entonces había pasado por alto. Recordó con nitidez la manera en que Fernando había paseado la mirada entornada por su casa modesta, su huerto modesto y su librería más modesta aún y comprendió que aquella mirada nunca había sido limpia, curiosa o interesada sino simplemente envidiosa.

Aquella noche, el futuro exiliado llegó a la conclusión, amarga y sobrecogedora, de que el día menos pensado sería denunciado y lo sería por gente que sólo ansiaría quitarle lo que tenía y que ocultaría su codicia bajo la capa de la religión más fanática.

CAPÍTULO 9

Los llantos, agudos, desgarradores, casi animales, llegaron hasta los oídos del exiliado cuando estaba a punto de salir del bosque y unir su senda con el camino principal. Manteniendo su cuerpo oculto tras un árbol, observó al grupo de donde procedían los sollozos.

A la cabeza, iba un sacerdote sujetando un enorme crucifijo. Tras él dos monaguillos formaban una escolta que constituía la vanguardia de una decena de personas, sin revestimiento eclesial alguno, que lo mismo lloraban que se esforzaban con no poco esfuerzo por contener el llanto.

Por el aspecto, se dijo que lo más seguro era que vinieran de dar sepultura a alguien. Dirigió la vista hacia la derecha y distinguió a un centenar de pasos una cerca encalada tras la que sobresalían algunos cruces lo que confirmó su primera impresión. Sí, debían de regresar de un sepelio. Así se explicaría la presencia del sacerdote y sus acólitos y la de aquellas pobres gentes devastadas por un dolor que parecía insoportable.

Por un instante, el exiliado estuvo pensando en sumarse al grupo y, seguramente, lo habría hecho en otro momento y en otro lugar, pero ahora... Esperó a que la comitiva avanzara un poco más y salió al camino. Acostumbrado a viajar por en medio de un bosque sobre el que apenas se filtraba el sol, notó el golpe del sol inmediatamente. No creía que aquel buen tiempo durara mucho, pero mientras se prolongara unos días más había que aprovecharlo.

Llevaba andando un rato a cierta distancia del cortejo mortuorio cuando vislumbró un edificio achatado que identificó con un mesón. Sí, tenía todo el aspecto de tratarse de ese tipo de establecimientos que se encuentran a poca distancia de las poblaciones y que ofrecen servicios no siempre santos.

Reflexionaba en ello cuando vio cómo el sacerdote se detenía ante la puerta, entregaba el crucifijo a los monaguillos y entraba en el edificio. Tras él, lo hicieron todos los miembros del cortejo salvo los niños que se quedaron fuera y que apenas tardaron unos instantes en ponerse a jugar.

El exiliado debería haber continuado su camino acercándose hasta la población y decidiendo si la bordeaba o se arriesgaba a visitarla. Sin embargo, la curiosidad, una curiosidad no escarmentada por experiencias recientes y desarrollada durante días de viaje tranquilo y sin peligros, lo llevó a detenerse en el lugar.

—¿Venís de un funeral? —dijo a los dos monaguillos.

Los chicos, que habían apoyado el crucifijo en la pared, se miraron entre si sorprendidos de que alguien les dirigiera la palabra. Finalmente, el más alto respondió:

—El del tío Jean. Estiró la pata.

—No se dice estiró la pata —le reconvino su compañero—. Quiere decir, señor, que falleció.

El exiliado reprimió una sonrisa al escuchar la explicación del pequeño.

—¿Y de qué murió? —indagó el exiliado.

—La plaga —respondió el monaguillo que había corregido a su compañero.

El exiliado no pudo reprimir un pujo de inquietud que saltó en su pecho al escuchar la palabra maldita. La plaga... Si aquellas tierras estaban siendo contaminadas por una epidemia debía ponerse a salvo cuanto antes. Ya mismo.

Había llegado a esa conclusión cuando desde la puerta entreabierta del mesón le llegó una conversación. Cualquiera hubiera podido cerrarla tras de sí, pero, por cualquier razón, la habían dejado entreabierta, lo suficiente como para que el exiliado escuchara lo que se discutía en el interior del establecimiento.

—No hay otro remedio, señores míos. No hay otro remedio —decía una voz imperiosa e impaciente—. ¿Ha llegado la plaga a nuestra ciudad? Sí. Ha llegado. No hay duda de ello. Venimos de sepultar cristianamente a una de las víctimas.

Un sollozo agudo estalló tras sonar las últimas palabras. Seguramente, sería la viuda o uno de los hijos del finado.

—Pues bien —continuó la voz— hay que actuar y actuar de la mejor manera. Actuar ya.

—¿Qué propone usted padre Louis? —oyó que indagaba alguien.

—Lo único que se puede proponer —respondió la voz imperiosa— lo que entendería cualquiera. Lo que cualquier hijo del pueblo debería estar pidiendo. Sacar en procesión la reliquia de santo niño Jesús. Su prepucio purísimo nos salvará de todos estos males. Tengo intención de hablar con el alcalde y este domingo, sin más tardanza, tras la misa mayor, reuniré a todo el pueblo para que sigan a la santa reliquia a través de la población y luego la ofreceré a todos para que puedan besarla.

El exiliado no pudo dejar de sentir un escalofrío de inquietud al escuchar aquellas palabras. No tenía la menor duda de que lo que el sacerdote tenía intención de llevar a cabo sólo podía traducirse en una extensión masiva del contagio y en un aumento de las muertes de manera imposible de calcular.

Quería creer que el personaje en cuestión no lo sabía, pero lo cierto es que estaba abriendo la puerta a que la plaga acabara con toda o la mayor parte de la población. Se dijo el exiliado que lo más prudente, sin ningún género de dudas, sería alejarse de aquel lugar antes de que se convirtiera en un foco de muerte incontenible. Inmediatamente, hizo un gesto de despedida dirigido a los dos monaguillos y apretó el paso.

No tardó apenas en llegar a una encrucijada del camino. Al frente, se extendía la población que, seguramente, era la que corría el riesgo de desaparecer; a la derecha, pudo ver como se desplegaba una curva suave que se dirigía hacia otro lugar oculto, de momento, a la vista.

El exiliado se sintió impulsado a tomar esa desviación y, de hecho, hacia ella comenzó a encaminar sus pasos. Sin embargo, no pudo avanzar mucho. Algo en su interior le dijo que no podía marcharse sin intentar ayudar a aquella gente que estaba mucho más cerca de la muerte de lo que jamás hubieran podido imaginar.

Fue así como quedó detenido igual que si sus pies hubieran quedado clavados a la senda. Se trató sólo de un instante porque, inmediatamente, suspiró hondo y dio media vuelta tomando la dirección de la ciudad aquejada de peste.

Se hallaba ya cerca cuando percibió a lo lejos el cortejo funerario con el sacerdote y los monaguillos en cabeza. Debían haberse refrescado y ya regresaban. Aquella circunstancia imprimió una rapidez especial a sus pasos.

Entró en la ciudad e, inmediatamente, detuvo a la primera persona con la que se encontró y le preguntó por el lugar donde se encontraba el ayuntamiento. No estaba muy lejos y, de hecho, sólo tuvo que preguntar a alguien más para dar con él.

Se trataba de un edificio oblongo de dos plantas con muros encalados y vigas de madera al descubierto. Era una construcción sencilla, pero no del todo fea a cuya puerta montaba guardia un hombre tocado con un morrión y armado con una lanza. Sin duda, era al que tenía que dirigirse.

—Señor —le dijo el exiliado— es preciso que pueda hablar con el alcalde.

El guardián le miró con gesto de extrañeza. Nada en su atavío parecía obligarle a franquear al exiliado el camino que llevaba hasta el alcalde.

—Soy médico —añadió el exiliado— y creo que mis servicios son necesarios para esta ciudad.

El centinela lo miró con gesto de desconfianza, pero, esta vez, lo había escuchado.

—Quedaos aquí un momento —dijo mientras con la palma de la mano indicaba que no debía moverse de donde se encontraba.

El exiliado obedeció mientras veía cómo el guardián se entraba en el interior del edificio. La espera no se prolongó mucho. A decir verdad, fue escaso el tiempo que necesitó el sayón para regresar hasta la puerta y hacer un gesto al exiliado para que entrara.

—La verdad es que no entiendo por qué, pero el alcalde quiere veros.

Subieron una escalera de madera y fueron a dar a un corredor estrecho flanqueado por ventanas. Caminaron por él hasta que el guardián le señaló que se detuviera. Entonces con los nudillos de la mano derecha llamó a una puerta que se dibujaba frente a él. Un grito procedente del interior le indicó que podían pasar.

Fue así como el exiliado entró en una sala ancha y espaciosa que daba a un balcón. En el centro se hallaba una mesa ancha ante la que dormitaban dos sillas y tras la que estaba sentado un hombre enteco, de barba entrecana e incipiente calvicie. Al lado derecho descansaba un escritorio en el que, posiblemente, se sentaría habitualmente algún escribano. A la izquierda, se distinguía un bargueño posiblemente destinado a custodiar documentos.

—¿Quién sois y qué queréis? —indagó el hombre sentado tras la mesa con una voz teñida por la impaciencia.

—Soy médico, señor —respondió el exiliado—. Yendo de camino hacia el norte, me encontré con un cortejo funerario que venía de sepultar a alguien de esta población. Supe así que la plaga amenaza a este lugar y decidí que podría serviros para evitar que el mal se extienda.

Las palabras del exiliado habían sido pronunciadas de manera cortés y firme, pero totalmente exentas de un tono de soberbia o de la untuosidad habitual en los charlatanes.

El hombre sentado tras la mesa se acarició la barba pensativo. Hubiérase dicho que estaba sorprendido por la aparición del exiliado y todavía mucho más por su inesperada oferta. Durante unos instantes, se mantuvo en silencio, hasta que, finalmente, le dijo:

—¿Qué pensáis, según vuestro real saber y entender, que deberíamos hacer?

—Es muy sencillo, señor —respondió el exiliado—. En primer lugar, debéis identificar a los que ya están infectados. Ese primer paso es indispensable porque el segundo consiste en aislarlos para que no pueden transmitir el mal a otros. A continuación, la gente ha de encerrarse en sus casas mientras la plaga pasa. Durante ese tiempo, han de mantener unas reglas indispensables de limpieza. Si actúan así, puedo aseguraros que la enfermedad pasará y que el número de muertos, primero, se detendrá y luego acabará.

—Y estáis seguro de eso porque sois médico, claro...

—Así es, señor —respondió el exiliado—. Yo mismo puedo examinar a la población para separar a los contagiados de los sanos y así lograr que la plaga no se extienda.

—¿Qué necesitaríais? —indagó el alcalde con un dejo de desconfianza en la voz.

—Necesitaría que un sastre me confeccionara una vestimenta con la que protegerme del contagio de acuerdo con las instrucciones que yo le dé.

—¿Qué pretendéis percibir por vuestro trabajo? —preguntó ahora el alcalde.

El exiliado se dio cuenta de repente de que no había pensado en ese extremo. Debería haberlo hecho, sin duda, pero lo cierto es que ni se le había pasado por la cabeza ese tema, seguramente, primordial.

—Aceptaré lo que vos mismo estiméis justo —respondió al fin.

El alcalde no pudo reprimir una sonrisa de satisfacción al escuchar aquella respuesta. Se mirara como se mirase, en sus manos quedaba cómo iba a pagar a aquel sujeto inesperado.

—Pero con dos condiciones —añadió el exiliado arrancando el rictus de satisfacción del rostro del alcalde.

—Que son...

—La primera que podré abandonar este trabajo en el momento en que lo estime conveniente.

—¿Y cuándo lo estimaréis conveniente si puede saberse?

—Cuando todos hayan curado o cuando vea que es imposible llevar a cabo mi labor de la manera adecuada.

—Sea —aceptó el alcalde—. ¿Y la segunda?

—Que se me deje trabajar tranquilo, tal como yo lo estime conveniente, y sin interferencia de otras personas.

El alcalde guardó silencio y volvió a acariciarse la barba mientras se levantaba de su sillón.

—Os seré franco —dijo—. El médico que teníamos murió. A decir verdad, muy posiblemente el grupo que visteis regresar del cementerio era el encargado de sepultarlo. Padecemos una necesidad y no voy a ocultarla. El caso es que me habéis causado una buena impresión... Acepto vuestras condiciones.

El exiliado inclinó la cabeza en gesto de respeto y, a continuación, dijo:

—¿Cuándo puedo empezar?

—¿Cuándo queréis hacerlo?

—En cuanto que disponga de la indumentaria adecuada para protegerme de la plaga y poder examinar a la población.

—Entonces hoy mismo. Este hombre os acompañará a la casa del sastre y a él le podéis dar las instrucciones pertinentes.

Salía del ayuntamiento el exiliado y no terminaba de creerse lo sucedido.

CAPÍTULO 10

Hubo cierto resquemor —seguramente resultaba inevitable— cuando los lugareños vieron al recién llegado galeno ataviado con la indumentaria peculiar que le había confeccionado el sastre. Cubierto con una máscara de tejido espeso que se prolongaba en una nariz artificial sobre la que cabalgaban unos lentes y una túnica oscura que le llegaba hasta los pies, el exiliado fue visitando casa por casa a la búsqueda de los enfermos.

Con un aplomo seguro que causaba pasmo, el exiliado iba ordenando separar a los enfermos, cerrar moradas e incluso quemar enseres.

El miedo era tan espeso, sofocaba con mano tan férrea las gargantas y oprimía de tal manera los corazones que apenas nadie se atrevió a manifestar más que pasmo y sorpresa.

En menos de una semana, la diligencia del exiliado, que parecía capaz de no dormir en absoluto, había logrado detener el avance de la muerte de la misma manera que la orden de Jehová había detenido la espada del ángel de la muerte cuando segaba las vidas de los egipcios.

La rigurosa identificación de los enfermos, el total aislamiento de los contagiados, la estricta obligatoriedad de las medidas higiénicas había tenido un efecto fulminante sobre la población. Durante unos pocos días, las gentes habían seguido muriendo, pero, poco a poco, el número de fallecimientos había disminuido y, sobre todo, los contagios se habían detenido. Un par de docenas de paisanos seguían enfermos, pero el exiliado pensaba que, si no todas podría, al menos, salvar algunas de las vidas.

Una mañana, mientras el exiliado llevaba a cabo su habitual ronda de visitas a los enfermos, contempló cómo la figura del alcalde se recortaba en el umbral de la casa en que se encontraba ejerciendo su tarea curativa. No se había percatado de su cercanía ni tampoco de que llevaba ya un rato observándolo de manera que no pudo reprimir un respingo al descubrirlo.

—¿En qué puedo serviros? —dijo con voz respetuosa el exiliado.

—¿Podría hablar con vos? —preguntó el alcalde.

—Sí, por supuesto. Permitidme sólo que termine el reconocimiento de este enfermo.

Durante los minutos siguientes, el exiliado palpó la garganta abultada del enfermo, le tomó la temperatura, examinó sus heces, escuchó su respiración y, finalmente, dejó esbozar una sonrisa que tenía más de humilde que de satisfecha.

—No olvidéis tomar el cocimiento que os receté —recordó al enfermo.

—Sí, mi hija me lo traerá —dijo el enfermo.

—Pero que no os toque ni se os acerque —señaló ahora el exiliado con un tono fingido de severidad.

—Nunca lo hace.

El exiliado se despidió del enfermo y se acercó al alcalde que lo esperaba en el umbral de la puerta.

—Vos me diréis —invitó el exiliado cuando los dos se encontraron en la calle.

—No hemos tenido mucha posibilidad de hablar durante estos días —comenzó a decir el alcalde— pero he de deciros que el municipio os está muy agradecido.

El exiliado realizó un gesto para interrumpirlo, pero el alcalde continuó:

—No, permitidme que siga hablando. Lo que habéis hecho por esta población no puede ser descrito con palabras. No habéis pretendido lucraros, no habéis pedido una sola moneda por comenzar a trabajar, no habéis solicitado más que una vestimenta extraña que, al fin y a la postre, os sirve para llevar a cabo vuestra tarea. Difícil, muy difícil, nos hubiera resultado encontrar a alguien tan dedicado, tan trabajador, tan desinteresado y tan sabio como vos.

Fue escuchar aquella cadena de elogios y una luz de alarma se encendió en el interior del exiliado. No es que no creyera en la sinceridad de las palabras del alcalde, pero, de repente, temió que tras aquellas dulzuras verbales se ocultara un golpe, un golpe tan severo que ni siquiera podía imaginarlo en esos instantes.

—En fin... no tengo palabras —prosiguió el alcalde—. Precisamente por ello... precisamente por ello, me resulta difícil...

—¿De qué se trata, señor alcalde? —intentó ayudarlo el exiliado.

El alcalde se detuvo, inspiró hondo y se volvió hacia el médico.

—El párroco insiste en intervenir...

El exiliado pensó que el párroco no había dejado jamás de intervenir. Celebraba misa a diario; se empeñaba en confesar a la gente cabeza con cabeza y se saltaba la cuarentena cuando le apetecía siempre para sacar pasear su nada pequeña soberbia y fuera del menor sentido común.

—Señor médico, necesito que habléis con él... que lo escuchéis... Os suplico que almorcéis hoy con él y conmigo.

El exiliado estuvo a punto de decirle que aquella eventualidad implicaba un quebrantamiento de lo pactado antes de comenzar a prestar sus servicios, pero se mantuvo en silencio. Lo importante, lo esencial, lo que estaba por encima de todo era la suerte de aquellas pobres gentes.

Asintió con la cabeza y reemprendió la marcha cuando lo hizo el alcalde. Sin despegar los labios llegaron hasta el único mesón que permanecía abierto en la población. Estaba semidesierto.

En silencio, el alcalde se encaminó hacia una mesa apartada y se dejó caer más que se sentó sobre un banco de madera. Tomó asiento el exiliado frente a él y así quedaron en silencio durante unos instantes, justo los que mediaron entre su llegada y la aparición del párroco. Entró el clérigo en la sala con un gesto de dominio, de superioridad, de seguridad. Era como si una certeza difícil de abarcar lo llevara en volandas.

—Ave María purísima —dijo parado al lado de la mesa, pero a la invocación sólo respondió el silencio del exiliado y un murmullo del alcalde.

Exudando satisfacción el sacerdote tomó asiento. Luego alzó la mirada y con ella hizo un gesto al mesonero para que se acercara:

—¿Qué nos recomiendas hoy? —dijo con una sonrisa ancha al dueño del local.

—Las truchas que tengo hoy —dijo describiendo una reverencia— están exquisitas, padre. Ex-qui-si-tas.

—Vengan, pues, esas truchas —dijo complacido el clérigo

—Y un blanco de la tierra para regarla. Y el mejor queso que tengáis.

—Por supuesto, padre, por supuesto —exclamó el mesonero—. ¿Y el señor alcalde?

—Creo que también seguiré vuestro consejo —respondió.

—¿Y el señor médico?

El exiliado no despegó los labios e hizo un gesto con la cabeza que mostraba que se sumaba a la orden anterior.

Apenas se había alejado el mesonero cuando el sacerdote se frotó levemente las manos, como si deseara entrar en calor, y luego descorrió los labios con una sonrisa pegajosa.

—No sé, dilecto médico —comenzó a hablar el párroco— si el alcalde os ha adelantado algo...

Se detuvo un instante a la espera de una respuesta, pero el exiliado se mantuvo en silencio.

—Bien, entonces... Se trata de la plaga que se ha abatido sobre este pueblo... Nadie, yo el último, dejaría de agradeceros vuestra brega, inmensa brega, por enfrentaros con ella. De todo corazón lo digo, pero... pero, bueno, no deseo incomodaros, pero resulta innegable que no habéis podido a pesar de todos vuestros esfuerzos detener el avance del mal. No, no, no os lo reprocho. Es totalmente natural. Flagelos semejantes se originan en un mundo sobrenatural y por medios sobrenaturales han de ser vencidos.

—¿Qué proponéis? —preguntó el exiliado esforzándose por contener la inquietud que había comenzado a atenazarlo.

—Sacar en procesión el santo prepucio del niño Jesús —dijo con voz seca el sacerdote como si toda su obsequiosidad se hubiera evaporado.

—¿Cuál de ellos, padre? —preguntó con voz seca el exiliado.

—¿Cuál? ¿Cómo cuál? El santo prepucio del niño Jesús —respondió el clérigo como si masticara cada sílaba.

—Con todos los respetos —dijo el exiliado—. Hay un prepucio del niño Jesús en Burgos. Sí. Y otro más en Roma. Y también en Nuestra Señora de Anversia.

El clérigo abrió la boca mientras sus cejas se enarcaban en un gesto de inmensa sorpresa.

—Es un problema, padre, lo sé —continuó el exiliado— pero no es el único. Hay una cabeza de San Juan Bautista en Roma y otra en Amiens, en Francia. Eusebio escribió que los clavos de la cruz fueron tres y que uno lo echó Santa Helena, madre del emperador Constantino, en el mar Adriático para amansar la tempestad y otro lo hizo fundir en almete para su hijo y del otro hizo un freno para su caballo. Que yo sepa y si no me falla la memoria hay clavos de la cruz en Roma, en Milán, en Colonia, en París, en León y en infinitos lugares. Dientes que mudaba Nuestro Señor cuando era niño pasan de quinientos los que hoy se muestran solamente en Francia. En cuanto a la leche de Nuestra Señora, los cabellos de la Magdalena o las muelas de San Cristóbal no tienen cuento. Incluso sé de un monasterio muy antiguo donde, entre las reliquias, se expone un pedazo del torrente del

Cedrón aunque no puedo deciros con certeza si se trata del agua o de las piedras de aquel arroyo. Podría hacer referencia a otras cosas más ridículas e impías, pero sólo os diré que en una iglesia colegial me mostraron una costilla de San Salvador. Si hubo otro Salvador aparte de Jesucristo, y si él dejó acá alguna costilla o no, es algo que dejo a vuestra consideración.

El párroco abrió y cerró la boca un par de veces, pero no consiguió articular palabra. El exiliado, sin embargo, no estaba dispuesto a detener su exposición.

—No pretendo, señor párroco, daros lección alguna sobre cómo comportaros en vuestra iglesia. Jamás se me pasaría por la cabeza, pero, como doctor, sí me preocupa mucho la salud de la gente de esta población y por eso os voy a decir que pasará si sacáis esa reliquia, el primer, segundo o tercer prepucio del niño Jesús, que se puede encontrar en la Cristiandad. Por supuesto, la gente dejará la cuarentena y saldrá a las calles para besar la reliquia que vos sostendréis en vuestras manos. Se apretujarán para acercarse al prepucio, dejarán su sudor y sus babas sobre la reliquia y todos esos detritus pasarán de unos labios a otros, de unas manos a otras, de unos cuerpos a otros, provocando que la plaga, que ya está casi contenida, vuelva a extenderse seguramente con mucha más fuerza y muchísima más mortandad que antes. Seguramente, vos pensaréis que la exposición de la reliquia favorecerá la salud espiritual y física de los vecinos. No voy a entrar en la cuestión de la salud espiritual, pero no tengo la menor duda, ni la más pequeña, de que la de este mundo se verá afectada de manera fatal y de que en unos días los muertos llenarán las calles. Voy a decirlo sólo una vez: como galeno considero que causaría un daño terrible, mortal, sin duda, el sacar en procesión la reliquia de ese prepucio y permitir así que se extienda el contagio.

Había apenas pronunciado las últimas palabras, cuando las escudillas con las truchas fueron depositadas sobre la mesa. El sacerdote juntó las manos y comenzó a pronunciar una oración en latín. Cuando él y el alcalde se santiguaron, el exiliado no movió un dedo. Finalmente, el clérigo dijo con una sonrisa forzada:

—Yo creo que los dos hemos dicho lo que teníamos que decir. Sin duda, el señor alcalde, que es buen cristiano, sabrá cuál es la decisión más adecuada.

Sí, pensó el exiliado. Con seguridad, el alcalde sabría cuál era la decisión que al clérigo le parecía más adecuada. Cuestión aparte es si ésa sería la que debía adoptar por el bien de la población.

Los dos días siguientes constituyeron una prueba de amargura para el exiliado. El pregonero anunciaba, siguiendo un horario meticulosamente regular, que la reliquia del santo prepucio del Niño Jesús sería expuesta y después llevada en procesión para aplacar la ira de Dios y para que el Altísimo, ya desagraviado, detuviera la enfermedad.

La primera vez que el exiliado escuchó el anuncio sintió, primero, un profundo asco y luego, de manera inmediata, una ira que le costó mucho reprimir. Quizá fuera cierto que el Señor estaba utilizando aquel terrible azote para ejecutar un juicio más que merecido. Quizá. ¿Quién podía saberlo? Pero si ése era el caso, resultaba más que dudoso que fuera a conmoverle la exhibición de uno de los numerosos prepucios del niño Jesús que andaban esparcidos por el mundo.

No, Dios que ha creado la mente, la razón, la inteligencia desea que sean utilizadas y que sirvan, entre otras causas, para detener el avance del mal entre los hombres. Dios, forzosamente, había dado a los seres humanos la capacidad de entendimiento para que construyeran techos con los que resguardarse de las inclemencias del tiempo, para que alzaran presas con las que evitar las riadas, para que trazaran caminos con los que dirigirse a todas partes manteniéndose unidos a pesar de las distancias, para que aplicaran unas reglas elementales de salubridad e higiene que impidieran que una enfermedad contagiosa acabara con toda la especie. Esa realidad, experimentada una y otra vez a lo largo de los siglos, no podía ser sustituida por una superstición propia del paganismo más abyecto.

Arrastrado por esas reflexiones, el exiliado llegó a la conclusión de que debía marcharse. Se lo comunicó al alcalde una tarde, tras un día de trabajo agotador que se le antojó más inútil que nunca. Estaba convencido de que toda la ardua tarea que había llevado a cabo en las semanas anteriores se desvanecería igual que el rocío de la noche cuando comienza a salir el sol. Las horas de esfuerzo denodado, de falta de sueño continua, de trabajo incansable arderían como una ramita seca que se arroja a una hoguera y que se ve reducida a cenizas. Pronto lo único que quedaría de una labor desarrollada contra viento y marea sería sólo muerte.

El alcalde comprendió sus razones. No se lo dijo, pero le bastó para saberlo contemplar cómo bajaba la mirada igual que si se sintiera avergonzado por la comisión del más horrible de los pecados.

Fue precisamente al contemplar aquella reacción cuando el exiliado se preguntó si tenía alguna oportunidad todavía. Detuvo su discurso, tragó saliva y decidió realizar el último intento.

—Señor alcalde, lo que está en juego es algo muy importante. No estamos discutiendo sobre la autenticidad de esta o aquella reliquia. No. Aquí hay mucho más en juego. Lo que se ventila, señor alcalde, es si esas gentes, las gentes a las que vosotros tenéis el deber de cuidar y proteger, morirán en masa o se salvarán, si perecerán o saldrán con vida de esta plaga. Si la gente se apiña en esa procesión, si se juntan para besar la reliquia, para tocarla... señor alcalde, esta población puede desaparecer.

Guardó silencio y contempló al alcalde. Las arrugas que se dibujaban en su frente parecían tajos agudos trazados por un cuchillo afilado. Era obvio que en su interior se libraba una batalla enconada de cuyo resultado dependía directamente la futura existencia de sus vecinos. Permaneció callado durante unos instantes y, finalmente, abrió la boca:

—Señor médico, yo amo este lugar más de lo que podéis imaginaros. Mis abuelos llegaron aquí cuando yo no había nacido todavía. Mis padres, con mucho esfuerzo y mucho trabajo, consiguieron abrirse camino y luego... y luego vinimos mis dos hermanas mayores —que se casaron y fueron a vivir a otro lugar— y yo. Yo amo este sitio. Conozco sus viñas y sus frutales. He llorado con las gentes cuando la cosecha ha sido mala y me he emborrachado con ellas cuando ha resultado próspera. He sentido como propia la muerte de cada vecino y me he gozado con cada nuevo nacimiento. Cada uno de esos muertos lo he notado aquí, en lo más hondo del pecho.

El exiliado dejó que terminara de hablar y entonces le planteó la pregunta sobre la que giraba todo:

—¿Qué vais a hacer, señor?

El alcalde cerró los ojos y el exiliado pudo ver con claridad cómo dos lágrimas, enormes y brillantes, se le deslizaban por los pómulos hasta perderse en la barba.

—Vos... vos... —comenzó a decir con voz ahogada— vos no podéis entender lo que significa el párroco. Prácticamente todo lo que la gente conoce o sabe o escucha sobre el mundo que hay más allá de estos campos lo conoce, lo sabe o lo escucha desde el púlpito. Sí, la gente cree que... cree que se entera de algo aunque sólo llega a saber lo que ese hombre les dice. Él les indica cómo deben comportarse en su trabajo, en su familia... ¡¡¡hasta en la cama!!! Les dice lo que pueden comer o beber, con quién pueden o no acostarse, lo que es lícito ponerse, lo que hay que rechazar... incluso lo que hay que quemar. Cuando la cosecha es buena, lo atribuye a sus preces que bien cobra; cuando es mala, exige que se hagan más rezos que cobra también. Cuando el niño muere al nacer, lo atribuye a un castigo de Dios; cuando viene a este mundo sano y fuerte, lo achaca también a Dios y, en uno y otro caso, exige para Su representante que es él, el pago conveniente. Ni siquiera la muerte permite romper esa cadena porque, apenas ha expirado su último aliento el desgraciado, ofrece a la familia la seguridad de que pasará menos tiempo sufriendo los padecimientos del purgatorio gracias a las misas que se celebren en su nombre, pagando por supuesto.

Calló el alcalde y se pasó la diestra por la boca como si deseara limpiar los labios de lo que acaba de salir por ellos.

Durante un instante, guardó silencio. Luego exhaló un hondo suspiro y reanudó su reflexión.

—Para ser sincero, no creo que la culpa de todo esto venga de este párroco. No es un mal hombre, creedme. No, no lo es. Es cierto que es un poco... soberbio, pero no es el culpable. Al menos, no el culpable directo. Todo esto viene de siglos y de gente que durante siglos ha bajado la cabeza. Ni siquiera los reyes han conseguido cambiar esa situación... señor, ¿creéis de verdad que yo, un simple alcalde, un humilde alcalde, un... alcalde... miserable... podría hacerlo? ¿Lo creéis de verdad?

El exiliado había sentido un inmenso pesar mientras el alcalde había ido desgranando su parlamento. Sí, seguramente, tampoco él era un mal hombre. Sí, seguramente, era sincero al expresar su amor por la gente del lugar. Sí, seguramente, todo eso era cierto, pero, aunque fuera el más puro de los santos, lo cierto es que estaba adoptando una decisión que los aniquilaría en masa.

—Señor alcalde —comenzó a decir el exiliado con el tono mas tranquilo de voz que pudo utilizar— si esa gente se agolpa en la procesión, si tocan y besan ese prepucio... lo único que se producirá será un contagio masivo. Todo lo que hemos hecho hasta ahora se vendrá abajo. Todo. Ni el párroco ni nadie, ni siquiera vos tendréis la menor posibilidad de sobrevivir a la plaga. Si no es así yo...

—Vos —le interrumpió —os marcharéis. Recuerdo los términos de nuestro acuerdo. Sí, lo sé.

El alcalde se echó la mano a la cintura y desprendió de ella una bolsa que colocó ante el exiliado.

—Sé de sobra que ni de lejos paga vuestra labor, pero os ruego que lo aceptéis como una muestra de reconocimiento por todo lo que habéis hecho por esta población.

—Pero... —intentó razonar el exiliado que aún creía que existía una mínima posibilidad de impedir el desastre.

—Señor —le cortó el alcalde —os suplico que lo aceptéis. Nada más se puede hacer.

El exiliado contempló cómo el alcalde inclinaba la cabeza con ademán respetuoso y le dirigía una última mirada.

—Id con Dios —musitó con la voz velada antes de darse la vuelta y marchar.

Hubiera deseado el exiliado despedirse también, pero antes de que acertara a abrir la boca, el alcalde ya había apretado el paso convirtiéndose en un objeto distante.

Fue aquella una noche espesamente amarga para el exiliado. Debería haber dormido para prepararse a reanudar su interrumpido viaje, pero el sueño huyó de él como la liebre que ha descubierto a un cercano cazador. En los escasos momentos en que se quedó traspuesto se vio oníricamente turbado por las imágenes de Fernando y de Alfonso y su hermano, los otros perseguidores, del párroco y de tantas personas a las que había tratado a lo largo de aquellos días. No tuvo la sensación de que se tratara de un sueño bien hilado sino más bien de la suma de unos cuadros aparentemente inconexos y casi siempre inquietantes.

Cuando el gallo lanzó su canto al aire anunciando el amanecer, el exiliado ya llevaba levantado un buen rato.

Esperó a que el sol saliera para desayunar. Lo hizo de manera tranquila, sosegada, casi parsimoniosa, como si deseara disfrutar de cada pedazo de pan y de cada sorbo de leche.

Luego volvió a su habitación, repartió el dinero que había recibido entre las alforjas, los bolsillos y las botas y decidió ponerse en camino. Salió a la calle, respiró hondo y se dijo que aquella era la última vez que vería aquella población. No pensaba regresar, pero, en caso de hacerlo, era dudoso que encontrara algo vivo en sus calles y campos.

Con la carga de ese pesar premonitorio oprimiéndole el corazón, comenzó a caminar hacia la salida del pueblo y así llegó a la plaza donde se alzaba la iglesia. Durante los días anteriores, desde que él se había hecho cargo de la salud de aquellas gentes, el lugar había permanecido vacío. Ahora el espacio que se dibujaba ante el templo se encontraba lleno de gente. No hasta rebosar, no hasta llenar los soportales de los edificios cercanos, no hasta el punto de impedir el paso, pero sí lleno.

El exiliado se detuvo un instante y contempló a los vecinos. De repente, en medio de un murmullo elocuente como un grito, la puerta de la iglesia fue franqueada por el párroco al que seguían dos acólitos. Ahora no llevaba un crucifijo como la primera vez que lo había visto. Por el contrario, sujetaba un cofrecillo con ambas manos. Lo hacía con un gesto que al exiliado le pareció más cargado de delectación que de devoción.

—¡¡Vecinos!! —escuchó que gritaba—. Estamos aquí reunidos para celebrar este acto de desagravio para con Dios al que hemos ofendido gravemente. *Paternoster...*

El exiliado le escuchó recitar el Padre nuestro en latín seguido por un Avemaría y un Gloria también en la lengua de Cicerón. Después extendió los brazos con los que sujetaba la arqueta y gritó:

—He aquí el santo prepucio del Niño Jesús, reliquia santísima que hasta nosotros ha llegado desde tiempo inmemorial. Démosle muestra de nuestra devoción a fin de que el Señor, Dios altísimo y misericordioso, reciba este acto de desagravio.

Como movidos por un resorte, los vecinos se lanzaron a besar la reliquia. A decir verdad, habrían arrollado al sacerdote de no ser porque un par de guardias armados con alabardas los empujaron obligándolos a formar una fila.

Por unos instantes, el exiliado contempló a aquellas gentes que se propinaban empujones para tener un puesto mejor en la cola, que se gritaban e incluso proferían expresiones del peor gusto sólo para asegurarse de que conseguirían besar o, al menos, tocar la reliquia. Pensó un instante en el aire lleno de miasmas, en la arqueta rezumante de babas, en el manoseo del recipiente que consideraban sagrado los vecinos y se dijo que en unas semanas, si Dios no lo remediaba, la mayoría habría muerto.

Apretó el exiliado la marcha y salió del pueblo. Apenas había caminado doscientos pasos en territorio abierto, cuando distinguió un bultito informe en medio del camino. Frunció los ojos intentando aguzar la vista y distinguir de que se trataba. Estaba a una vara de distancia cuando captó que se trataba de un pajarito. Sí, era una avecilla diminuta. Le acercó la puntera de su bota izquierda y verificó lo que saltaba a la vista y era que aquel gorrioncillo estaba muerto.

Quizá un día antes había volado, había saltado de rama en rama, había picoteado las frutas maduras para nutrirse y deleitarse con su dulzura. Ahora era sólo un cuerpecillo inerte que pronto se vería devorado por las hormigas y los gusanos.

Detuvo en él su vista un instante más y, de repente, de la manera más inesperada, a la miente le vinieron unas palabras de un maestro que había enseñado su divina doctrina siglos atrás: ¿No se venden dos pajarillos por un cuarto? Con todo, ni uno de ellos cae a tierra sin vuestro Padre.

Cuando el exiliado reanudó su camino, las lágrimas inundaban sus ojos.

CAPÍTULO II

—¡Oh! ¡Dispensadme! ¡Os ruego que me dispenséis! —exclamó el hombre que había estado a punto de derribar al exiliado contra el suelo de un empujón.

El exiliado se movió para mantener el equilibrio y miró a su inesperado interlocutor. De manera instintiva, se llevó la mano al cinturón para comprobar si conservaba la bolsa y se tranquilizó al percatarse de que seguía en su lugar.

—Debéis disculparme —continuó hablando el hombre—. Salía ahora mismo de la iglesia y mi corazón estaba más en el cielo que en la tierra...

El exiliado pensó que habría sido de desear que, por muy lejos que estuviera su corazón, hubiera mantenido los ojos donde debía.

—Está bien. No tiene importancia —le dijo mientras intentaba reanudar su camino.

—La tiene. La tiene, señor —continuó el desconocido—. Permitidme al menos que os invite a un jarro de vino.

—Señor, no es necesario... —dijo el exiliado.

—Me sentiría ofendido —insistió el sujeto que le había propinado un empujón.

El exiliado lo observó. El hombre no andaba mal vestido. Posiblemente, podía tratarse de un hidalgo o, al menos, un funcionario al servicio del rey, del obispo o de algún noble. ¿Quién sabía? ¿Y si era alguien de relevancia? No podía permitirse un altercado. No, no podía permitírselo. Se esforzó en que su sonrisa fuera lo más amable posible.

—Si es así —dijo cortésmente— aceptaré.

—Muy bien, muy bien —celebró el hombre mientras propinaba un manotazo en el hombro al exiliado—. Vamos al mesón del gallo de oro.

No sentía el menor deseo el exiliado de acompañar al hombre y comenzó a pensar en la manera en que podría desembarazarse lo antes posible de él. Si aceptaba una ronda de él y a su vez lo invitaba a otra quizá podría marcharse tranquilamente.

El mesón del gallo de oro era exactamente igual a centenares que podían encontrarse en aquel país. Mesas de madera, bancos a su lado, barriles amontonados, mesoneros con aspecto codicioso y unas escaleras que conducían al piso superior donde se alquilaban habitaciones, ése era, sustancialmente, el paisaje repetido una y otra vez que el exiliado procuraba evitar como un foco infeccioso.

—¡Mesonero! ¡Mesonero! —gritó haciendo aspavientos el hombre.

—¡Una jarra de vino! ¡Tinto!

—Me gusta ir a la iglesia, señor —dijo al exiliado mientras descansaba las manos sobre la mesa—. Sí, señor, sí. Es muy útil. Por María Santísima, que lo es.

La llegada de la jarra de vino impuso un breve silencio al hombre. Con ampulosa ceremonia, trazó una cruz con el canto de la mano por encima de la bebida y movió los labios como si musitara una oración. Luego echó mano del recipiente y vertió el vino en los dos vasos que había delante de ellos. A continuación, se lo llevó a la boca y bebió un trago largo y goloso antes de depositarlo sobre la mesa con un golpe que irradiaba satisfacción.

—¡Ah! Es bueno este tinto —dijo chasqueando la lengua —Muy bueno.

El exiliado permaneció callado mientras se mojaba los labios con el vino.

—Como os iba diciendo —continuó el hombre mientras volvía a servirse— ir a la iglesia no sólo domingos y fiestas de guardar sino con frecuencia es muy bueno. Por ejemplo, ¿vos sabéis la diferencia entre un pecado venial y otro mortal?

El exiliado asintió con la cabeza indicando que la conocía, pero sin pronunciar una sola palabra. De hecho, se acomodó en su asiento convencido de que tendría que soportar con paciencia la exposición de teología católica que su interlocutor deseaba endosarle.

—El pecado mortal —dijo elevando el índice de su diestra el hombre— conlleva las penas del infierno si uno muere sin haberlo confesado. El venial no tiene consecuencias tan graves, pero acarrea los sufrimientos del purgatorio y éstos pueden durar miles de años. Ahora bien, la Iglesia que es una Madre... ¡una Madre!... ha dispuesto acciones piadosas que pueden librarnos de la pena del pecado venial. Por ejemplo, santiguarse con agua bendita. Sí, señor, santiguarse con agua bendita. Por eso, yo, cada vez que paso por una iglesia, entro y me santiguo. Se me van los pecados veniales y quién sabe si no se llevarán también alguno mortal…

Subrayó la última afirmación con una carcajada antes de llevarse el vaso al coleto y apurarlo hasta el final. Volvió a chasquear la lengua y miró al exiliado con una expresión risueña en los ojos.

—Yo no digo que no merezca ir al infierno el que ha matado, por ejemplo, pero hay pecados que, aun siendo pecados, sólo pueden ser calificados como veniales. Por ejemplo, una mentirilla. Una mentirilla blanca. Yo vuelvo a casa y mi mujer me pregunta ¿dónde has estado? ¡¡¡Dónde has estado!!! ¿Y a ella qué le importa? Habré estado donde yo quiera, digo yo. Bueno, pues yo le contesto lo que me parezca bien. Que he estado en misa. Ya está. Sí, señor, sé que no está bien del todo. Es una mentira, pero es un pecado venial. Os voy a dar otro ejemplo. Voy por el campo. Sí, voy por el campo y tengo hambre. Porque todos tenemos hambre alguna vez. Entonces veo que a dos pasos, a dos pasos nada más, están las viñas del tío Jean y me digo, pues, vamos a comer unas uvas. ¿Va eso a arruinar al tío Jean? Por supuesto que no. Así que me meto en su campo y echo mano de un racimo… o de dos. Sí, no está del todo bien, lo sé, pero no pasa de ser un pecado venial. Un pecadillo. Y Nuestra Santa Madre, la Iglesia, nos permite liberarnos de su pena mediante algunas acciones santas como…

—Santiguarse —dijo el exiliado.

—Efectivamente —sonrió el hombre volviendo a llevarse el vaso a la boca.

En una conversación de esta índole, fueron pasando la primera ronda y luego la segunda que pagó él y una tercera que no pudo evitar y una cuarta que resultaba obligada por pura cortesía. En todo momento, mantuvo la resolución de beber lo menos posible mientras aquel hombre seguía llenándose la andorga con un vino que, eso resultaba cierto, no era del todo malo.

—Vuestra compañía me es muy grata, señor —dijo el exiliado— pero he de proseguir mi viaje. Si me disculpáis...

—Pero, señor —exclamó el piadoso viandante— si ya está anocheciendo. ¿En qué cabeza cabe que sigáis camino y os sorprenda la noche? No, no y no. Bajo ningún concepto. Permitidme que os haga una proposición. Me habéis causado una inmejorable impresión y se ve a la legua que sois hombre honrado e incluso me atrevería a decir que educado. Sí, hasta cultivado. No podéis arriesgaros a sufrir un percance viajando de noche. Os diré lo que tengo en mente. Permitidme que os invite a cenar y luego compartid conmigo la habitación que ya tengo pagada en este mesón por el resto de la semana.

—No puede ser —dijo el exiliado a la vez que movía la cabeza—. Os lo agradezco de corazón, pero he de continuar camino y...

—Pero, señor, ya es casi de noche. No llegaréis al próximo pueblo antes de que todo esté oscuro como boca de lobo. Hacedme caso. Permitid que os invite a cenar y luego compartid mi habitación que, como os he dicho, ya tengo pagada. Alguna obra de caridad he de hacer para compensar mis muchos pecados y vos no podéis obstaculizármelo.

El exiliado no sentía el menor deseo de continuar en compañía de aquel hombre y no sólo porque su teología le resultaba profundamente desagradable sino porque además algo en su interior le decía que no era digno de confianza.

Pensaba en lo que podía decirle para justificar su marcha inmediata cuando vio cómo el hombre se ponía en pie y caminaba con paso rápido, pero inseguro, al encuentro del mesonero. Lo localizó al lado de una mesa situada al fondo de la sala y comenzó a conversar con él. No hubiera podido decir el exiliado lo que hablaron, pero el mesonero no dejó de asentir con la cabeza mientras el hombre le hablaba y señalaba hacia la dirección donde se encontraba sentado. Finalmente, el hombre inclinó la cabeza de manera ceremoniosa y mientras el mesonero le devolvía servilmente el gesto, regresó al lado del exiliado.

—Solucionado —dijo al llegar a la mesa—. Nos servirá la cena ahora mismo y luego podréis compartir mi habitación. Espero que no os moleste que haya escogido la cena, pero como yo invito...

—No puedo permitiros... —comenzó a decir el exiliado, pero el hombre alzó la mano izquierda en un gesto para imponer silencio.

La cena no estuvo mal. La elección de platos resultó bastante aceptable e incluso el exiliado se hubiera atrevido a reconocer que el otro comensal tenía buen gusto. Siguió soportando con la mayor paciencia que pudo sus lecciones morales y procuró comer con rapidez para ir a descansar cuanto antes.

Precedidos por uno de los trabajadores de la taberna, fueron a la habitación donde iban a pasar la noche. El exiliado reparó enseguida en que uno de los lechos era más pequeño que el otro, casi como si se tratara de los que algunos oficiales utilizan en las campañas militares. Apoyado en la pared donde se hallaba la puerta, aquel mueble, si es que tal nombre merecía, daba la sensación de constituir algo improvisado, casi colocado deprisa y corriendo y a última hora.

El hombre insistió en descansar en aquel lugar miserable, pero el exiliado no estaba dispuesto a consentirlo. Sólo tras una resistencia denodada de su interlocutor, el exiliado se vio obligado a ceder y aceptó lo único que en aquella dependencia podía recibir con algo de propiedad el nombre de cama.

Con todo, el exiliado no estaba dispuesto a bajar la guardia. Decidió dormir vestido y sin descalzarse. De esa manera, al menos el dinero que llevaba encima y en las botas se vería a salvo. No era la manera más cómoda de pasar la noche, pero ya hacía varios días que dormía al raso y en el campo e incluso aquel lecho duro y estrecho le pareció una delicia. A decir verdad, apenas había reposado la cabeza en la almohada y cayó dormido.

Se despertó el exiliado con el sobresalto derivado de escuchar el canto del gallo. El animal parecía especialmente desesperado porque fue enhebrando su canto una y otra vez como si tuviera urgencia en arrojar del lecho a los vecinos.

Parpadeó para desperezarse y torció la cabeza a la izquierda para ver cómo estaba su conocido del día anterior. Sólo que su conocido ya no estaba.

De un salto, se incorporó mientras abría y cerraba los ojos para percatarse de lo que ya sabía de seguro. Había desaparecido. Como impulsado por un resorte, el exiliado se abalanzó sobre sus alforjas. Estaban al lado de la cabecera de la cama, sí, pero salvo sus libros, en su interior ya no quedaba nada. Ropa, mudas, dinero, comida habían desaparecido como llevadas por un vendaval.

Saltó del lecho y comenzó a palparse. Sí, el dinero que llevaba encima seguía en su lugar y también el que escondía en el fondo de las botas. Quizá... quizá pudiera encontrar todavía al ladrón.

De un tirón se echó las alforjas al hombro, abrió la puerta y se precipitó hacia la planta baja del mesón. Habría deseado echar a correr nada más llegar a la calle, pero no le fue posible. De hecho, se encontraba a unos pasos de alcanzar la puerta cuando el mesonero lo interceptó.

—Vuestro criado dijo al salir esta mañana que vos pagaríais la cuenta.

El exiliado sintió un pujo de malestar que le subió desde la boca del estómago hasta la garganta.

—¿Mi criado? —apenas acertó a decir.

—Sí, vuestro criado —remachó el mesonero mientras se cruzaba de brazos—. El mismo que ayer me dijo lo que deseabais cenar, el que pidió que le colocáramos un lecho más modesto en vuestra habitación, el que se adelantó esta mañana para prepararos alojamiento en la siguiente parada de vuestro camino...

De repente, el exiliado comprendió por completo la estafa de la que había sido víctima. Aquel hombre no lo había invitado. A decir verdad, se había invitado a beber, cenar y dormir a su costa. Cuando él había pensado que estaba eligiendo los platos con el mesonero, en realidad, el pícaro se estaba presentando como un criado diligente que transmitía las órdenes de su señor. No podía negarse que se había revelado como un astuto timador.

—¿Cuánto os debo? —preguntó al mesonero y tuvo que contener la cólera al escuchar la cifra. Seguramente, también el dueño de aquel malhadado local lo estaba estafando, pero su extorsión habría resultado imposible sin el engaño previo de aquel hombre tan aficionado a santiguarse con agua bendita.

Echó mano el exiliado al cinturón y sacó la suma pronunciada por el mesonero. Se trataba de una pérdida injusta y no pequeña, pero habría resultado absurdo negarse a pagar. Que llamaran a los alguaciles, que lo llevaran ante el juez, que lo detuvieran era lo último que deseaba. Perder aquel dinero era, ciertamente, lamentable, pero mucho más lo habría sido verse apartado de su ruta y que se diera tal circunstancia, lo sabía por experiencia, era más que posible.

Observó cómo el mesonero dibujaba una reverencia ante él como si hubiera sido un duque y no exiliado precisamente y abandonó aquel lugar del que no podría nunca guardar buenos recuerdos.

Al pasar ante la iglesia donde había conocido a su estafador, casi sin darse cuenta, se apartó del edificio. Luego se encaminó hacia el exterior. Llevaba ya un rato a campo abierto reflexionando sobre lo sucedido cuando, sin poder evitarlo, en sus labios se asomó una sonrisa.

Ciertamente, aquel hombre había sido un descarado, un sinvergüenza, un pícaro, pero había que reconocer que no había actuado exento de ingenio. ¿Cuántos habrían sido engañados con aquella estratagema? ¿Cuántos mesoneros se habrían creído sus mentiras y cuántos habrían fingido que las tragaban convencidos de que podían sumarse a los beneficios del engaño? ¿Cuánto se creería de aquella palabrería sobre los pecados veniales y la manera tan fácil en que se borraban? ¿Cuántos personajes como aquel pulularían por los campos de España, de Francia, de Alemania aprovechándose de la inocencia, la superstición o la estupidez de las gentes?

Y entonces el exiliado sintió que la cara le comenzaba a temblar. Pero el temblor no se debía a malestar, a enfermedad o a temor alguno. La causa era que el exiliado había descubierto un lado risible, escandalosamente cómico, en todo lo sucedido. De repente, el tremolar de su mentón cedió el paso a la risa, una risa limpia, sonora, divertida.

Luego vinieron las carcajadas, unas carcajadas escandalosas, ruidosas, salidas a borbotones de lo más profundo de su ser. Tuvo que detenerse porque la risa le impedía seguir el viaje. Se llevó las manos al vientre mientras el cuerpo se le sacudía. Antes de que pudiera darse cuenta, había caído al suelo porque las piernas ya eran incapaces de soportar el impulso de las carcajadas.

A esas alturas, las únicas palabras que era capaz de articular en medio de la incontenible risa eran dos: ¡pecados veniales!

CAPÍTULO 12

Durante las semanas que se fueron sucediendo inacabables y monótonas, el exiliado no dejó de proseguir su rumbo hacia el norte. Había adoptado como regla general la de detenerse sólo en granjas y alquerías donde pagaba con su trabajo un plato de sopa y una noche en el granero.

Solía evitar, por el contrario, las poblaciones más grandes en la convicción de que nada bueno podría acontecerle en ellas si allí se asentaba, siquiera brevemente, antes de llegar a su destino. No albergaba la menor duda de que los alcaldes corruptos o los pícaros y ladrones, como los que ya se había encontrado, eran gente que debía ser evitada.

Lo mismo sucedía con Fernando, Alfonso y su hermano. Hasta ahora había logrado encontrarse con ellos sólo en una ocasión e incluso entonces había visto cómo pasaban de largo. Podía no ser tan afortunado una segunda vez. A estas alturas de su viaje, ¿dónde estarían? ¿Habrían seguido precediéndolo o los habría adelantado? Sí, por supuesto, quizá podían haber renunciado a la persecución, pero conociéndolos...

Fue así como, sin dejar de caminar un solo día, llegó a una nueva granja, otra más en un camino que ya duraba semanas y que podría prolongarse meses. Era una casa más en medio de una lista de enclaves campestres por los que había pasado y que no había dejado de prolongarse con el paso de los días. Estaba enclavada en un pradillo más como los quizá centenares con los que se había cruzado desde que había salido de su pueblo.

Era un pozo más del que se podía sacar un agua parecida a la que había bebido a diario a lo largo del camino. Todo era igual. Incluso cuando vio a un par de niños jugando no lejos de la entrada de la casa, no le pareció que hubiera en ellos nada distinto a otras criaturas semejantes en su país y en aquel que ahora recorría. Lo único inusitado, distinto, peculiar fue la mujer.

Salió por la puertecilla de la casa secándose las manos en un delantal que llevaba atado a la cintura. Su pelo era negro y lo llevaba recogido por detrás. Su tez era inusitadamente blanca. Blanca, pero no rojiza ni rosada como la de otras campesinas que había visto antes. Era blanca como el coral o la madreperla. Su rostro era ovalado y en él, de manera bellamente proporcionada, se dibujaban unas cejas negras como su pelo, bajo cuyo arco aparecían unos ojos grandes y oscuros. Era hermosa, pero de una manera especial.

En realidad, lo que llamó la atención del exiliado fue la gracia especial que desprendían aquellas facciones. En otras mujeres, y más en el campo, había contemplado antes lozanía, salud, belleza, incluso sensualidad. En aquella, la palabra adecuada para definirla era delicadeza. Sí, se trataba de una delicadeza que parecía descender desde su cabello hasta las plantas de los pies surcando cada pulgada de su cuerpo.

La mujer se percató de la presencia del exiliado, pero en su rostro no se dibujó la menor reacción de temor, de angustia, de inquietud. Por el contrario, durante solo un instante, sus cejas se arquearon en un gesto que lo mismo habría podido ser de interrogación que de sorpresa.

No se movió de donde se encontraba. Era como si le estuviera lanzando el mensaje de que si deseaba algo tendría que cubrir la distancia que había hasta ella.

Así lo hizo el exiliado procurando que cada uno de sus pasos desprendiera tranquilidad, la suficiente al menos como para que aquella mujer no se inquietara.

—Buenas tardes, señora —dijo inclinando levemente la cabeza—. Voy de camino y necesitaría alojamiento para esta noche. Podría pagar un plato de sopa y el permiso para dormir en el granero. Sólo necesito eso. Nada más.

La mujer lo miró por un instante. Luego, inesperadamente, sonrió y en sus mejillas se dibujaron unos hoyuelos. El exiliado había visto aquella peculiar facción en otras personas, tanto varones como hembras, pero le pareció que en aquel rostro estaba dotada de una belleza especial. De nuevo, se trataba de aquella delicadeza peculiar que tanto le estaba llamando la atención.

—¿Tendríais bastante con un plato de sopa solamente?— dijo con una llamativa media sonrisa.

El exiliado apenas acertó a balbucear unas palabras de asentimiento.

—Podéis lavaros en el agua del pozo. Os avisaré para cenar.

La mujer volvió a entrar en la casa mientras el exiliado se dirigía al pozo, lanzaba el cubo al fondo y lo sacaba lleno para asearse. Se estaba secando las manos cuando se percató de que los dos niños lo miraban.

El mayor era un varón de pelo tan negro como el de su madre, aunque de piel un poco más oscura. La niña, tres o cuatro años menor, era más clara aunque también los cabellos recordaran a un ala de cuervo.

El exiliado no pudo evitar esbozar una sonrisa al verlos. Se dijo que eran algo maravilloso las criaturas. Quién sabía lo que podrían ser aquellos dos cuando crecieran. Cualquier cosa, sin duda, pero, de momento, parecían dos pedazos de cielo caídos de lo alto para iluminar con sus miradas inocentes un mundo que no lo era.

—Hola —dijo dirigiéndose al niño—. ¿Cómo te llamas?

El niño lo miró con una mezcla de timidez y curiosidad, pero se quedó callado.

—Se llama Jacquot —respondió su hermana.

—Ah, Jacquot, vaya. ¿Y tú?

—Su.

—¿Su? Muy bien. Es un nombre bonito. Como Jacquot. ¿Y mamá? ¿Mamá tiene también nombre?

—Sí, claro. Se llama Marguerite —respondió Jacquot.

—Marguerite —repitió el exiliado—. ¿Y papá?

—No hay papá —dijo Su.

—Papá está de viaje —intervino Jacquot.

El exiliado sintió un regusto de malestar al escuchar que el padre de familia no estaba. Quizá era cierto que se encontraba ausente y quizá esa ausencia sólo duraría unos días. O quizá aquel hombre había sido llevado a servir a los campos del señor, a segar a los terrenos del obispo o a morir a las órdenes del rey y, en cualquiera de esos cometidos, se había visto obligado a dejar tras de sí a una esposa y dos hijos. Lo que pudiera ser de ellos a nadie le importaba. El sonido de un esquilón lo arrancó de sus pensamientos.

—¡A cenar! ¡Niños, lavaos las manos!

El exiliado bajó el cubo del broquel y lo puso al alcance de las manitas de las dos criaturas que no tardaron en lanzarse agua en un juego salpicado de risas.

Los vio encaminarse a la casa y sólo entonces comenzó él a andar detrás de ellos. Se encontraba a unos pasos de la puerta cuando la mujer apareció con un tazón en la diestra y una escudilla en la mano izquierda.

—Aquí tenéis la sopa. Además os he puesto un poco de queso y pan. No tengo vino.

—No importa —respondió el exiliado— no suelo beber.

La mujer reprimió un gesto de alivio que no le pasó desapercibido. Por las razones que fuera, lo más seguro era que le desagradara que los hombres bebieran y él acababa de pasar la primera prueba.

Tomó el tazón y la escudilla y se sentó en el suelo, al lado del umbral. Bebió un sorbo y se sintió, de manera inesperada, feliz. Sentir aquel líquido caliente que se le deslizaba hasta el estómago le infundió una sensación especial, la de quien sabe que está disfrutando de algo, en apariencia, trivial, pero, en realidad, cargado de bondad.

Se levantó una ligera brisa que acarició suavemente su rostro a la vez que levantaba el vello del dorso de las manos. El sol había comenzado a caer, pero en su descenso, no se apresuraba sino que parecía más bien un niño que retrasa el momento ineludible de abandonar los juegos y entrar en la casa. En el interior, escuchó los gritos indefinidos de los niños. Seguramente, se trataba sólo de la alegría o de las protestas por la comida.

Se dijo que era curiosa la manera en que los seres humanos pasan por alto los innumerables placeres reales de la vida. Los reyes lanzan sus ejércitos para conquistar un pedazo de tierra o para someter a quienes les son ajenos; los clérigos no dudan en mentir con tal de dominar a los asustados o de sacar el dinero a los poderosos; los recaudadores de impuestos son los esbirros que sirven a unos y a otros. Sin embargo, qué poco se percatan de que la dicha que nos ha sido dado disfrutar en este mundo aparece, en ocasiones, en forma de una tajada de queso, de un sorbo de agua fresca, de un aroma campestre, de unas gotas de lluvia o de un juego infantil.

De repente, el exiliado sintió que algo afilado como un cuchillo le arañaba el corazón. En rápida sucesión de imágenes y mientras apuraba la sopa, pasaron por su cabeza los campos del hogar, las habitaciones de su casa, los libros perdidos, la sombra de las viñas, incluso retazos de aquella época en que su hermano y él eran niños y jugaban y se querían.

Se dio cuenta de que nada de aquello había sido disfrutado en su justa medida y de que todo había desaparecido y que así era para siempre, para no regresar nunca, para no volver a vivirlo jamás. Intentó contener un pujo de pesar que, como el calor del estío más agobiante, comenzaba a sofocarlo. Se sintió sólo, cansado, pero, por encima de todo, pequeño. Contempló las montañas cercanas y le pareció que, en cualquier momento, podían comenzar a caminar y desplomarse sobre él. Miró el cielo y sintió que las nubes podían descargar una lluvia que se lo llevara igual que el viento arrastra las hojas secas. Depositó la vista en el suelo y le pareció que en algún momento se abriría para tragarlo. Su felicidad, real y tangible, de tan sólo unos instantes atrás se había evaporado exactamente igual que sucede con el rocío a la salida del sol.

—¿Desea un poco más de pan?

Sacudió la cabeza como si despertara de un sueño y volvió la mirada hacia la voz. La sonrisa de la mujer significó un contraste tan grande con las sensaciones que lo estaban atormentando que, por un instante, le pareció sufrir una punzada en el pecho, pero la sensación se disipó con la misma rapidez con que había venido. De un salto se puso en pie y dijo:

—Sí, señora. Se lo agradezco.

La mujer le tendió el trozo de pan que el exiliado cogió con la mayor delicadeza, pero, en lugar de comérselo, lo guardó en la alforja que descansaba en el suelo.

—¿Por qué no os lo coméis ahora? —indagó la mujer.

—Por hoy estoy satisfecho —respondió el exiliado—. Mañana...

—Mañana, el Buen Dios le dará también el pan cotidiano. Cómase ahora el que le he dado.

El exiliado clavó su mirada en la mujer y, sin dejar de contemplarla, metió la mano en la alforja, sacó el trozo de pan y se lo llevó a la boca. Lo masticó parsimoniosamente como si deseara disfrutar de cada bocado.

—¿Venís de lejos? —preguntó la mujer.

—Sí, de muy lejos.

—Vuestra manera de hablar...

—No soy de este reino, señora.

—¿No? Pero habláis muy bien mi lengua...

—Muchas gracias, señora. Sois muy generosa conmigo.

Sobre el rostro de la mujer volvió a descender aquella especie de velo que se le antojaba corrido para ocultar lo que guardaba su corazón.

—Os indicaré donde podéis dormir —dijo mientras comenzaba a caminar.

El exiliado no la siguió. Por el contrario, optó por permanecer en el lugar donde se encontraba para poder contemplar la manera en que la mujer caminaba. Sí, su forma de andar poseía la misma donosura, la misma gracilidad, la misma delicadeza que había captado poco antes en su mirada.

Concluyó que tenía que tratarse de alguna cualidad natural porque saltaba a la vista que aquella mujer no había recibido educación alguna, que no procedía de la corte, que no era ni siquiera la hija de alguien acaudalado que la hubiera obligado a vegetar protegida en el interior de una casa. Ver a aquella mujer era como contemplar una flor de especial belleza, como acariciar una perla delicada, como paladear una fruta deliciosa. Era algo natural y exento de artificios.

—¿No venís? —preguntó la mujer que había llegado hasta el granero y descubierto que el exiliado seguía en el mismo lugar.

—Sí, perdonadme —respondió el exiliado mientras se dirigía corriendo al lugar.

—Mirad —dijo indicando con la diestra al interior— abajo están los animales. No tienen por qué molestaros, pero quién sabe... Si subís a la parte de arriba, estaréis más tranquilo. Tenéis también paja con la que descansar mejor. Sí, os ruego que no hagáis vuestras necesidades dentro. Deja mal olor...

El exiliado percibió que la mujer, a diferencia de la ruda franqueza con que se expresaban las campesinas, se había ruborizado suavemente al darle aquellas instrucciones. Pero ¿de dónde había podido salir?

—Sí, señora. Así lo haré.

—Si tenéis sed...

—Iré hasta el pozo.

—Puedo dejaros un jarro...

—No merece la pena, señora. Iré hasta el pozo.

—Bien. Si no deseáis nada más, me retiro.

—Que Dios os guarde, señora.

La mujer inclinó la cabeza en un leve saludo y emprendió el camino de regreso a la casa. Apenas había dado unos pasos, cuando el exiliado la llamó:

—Señora... —comenzó a decir.

La mujer se volvió sin decir una palabra.

—Muchas gracias —balbuceó el exiliado— muchas gracias. Es usted muy bondadosa.

—Descansad —dijo la mujer y reemprendió el regreso a la casa.

El exiliado franqueó la puerta del granero, subió la escalera que llevaba a la parte alta, dejó las alforjas en el suelo y se apiló un montón de paja para dormir. Hasta él llegaban el olor acre de los animales, el sonido cortante del viento filtrándose por las junturas del edificio y el calor de una paja limpia y recién cortada.

Mientras se iba sumiendo suavemente en el sueño, le fueron llegando en dulces oleadas los recuerdos de otros tiempos más dichosos.

CAPÍTULO 13

Había pensado el exiliado en pasar sólo dos, a lo sumo tres o cuatro días, en la granja, pero las jornadas se fueron sumando sin que él mismo supiera cómo y antes de darse cuenta se cumplió el mes.

Tras reparar puertas y cercas, tras recolectar y guardar, tras encalar y podar, Jacquot cayó enfermo de una de esas dolencias que parecen especialmente surgidas para segar vidas infantiles, pero el exiliado salió al encuentro del mal como si se tratara de un salteador de caminos.

Tras dos semanas en que el niño estuvo al borde de la muerte y en que la circunstancia fue negada a su inquieta madre, la criatura se recuperó como si nada le hubiera sucedido.

Para entonces, el exiliado se había ocupado en fabricar juguetes para Su y había enseñado al convaleciente Jacquot a jugar a las damas con un tablero improvisado y pintado en horas libres. Todo lo había llevado a cabo bajo la mirada silenciosa de la mujer.

Sólo en una ocasión, la distancia que mediaba entre ellos se interrumpió. Fue precisamente el día en que Jacquot emergió de su dolencia. El exiliado contempló con alegría la mejora del niño e, instintivamente, agarró la mano de Marguerite que estaba a su lado. Fue sólo un instante, pero la mujer le devolvió entonces el gesto apretándole todavía con más fuerza la diestra. Fue sentir la gratitud, la belleza, la calidez que surgía de aquello y el exiliado la soltó inmediatamente como si se hubiera quemado. Pero no se había quemado. Simplemente, había sentido algo tan hermoso que carecía de palabras para describirlo.

Un día, Marguerite lo sorprendió leyendo después de la cena y le preguntó por el tema de su lectura. Fue decirle de lo que se trataba y él mismo se sorprendió escuchando cómo le pedía con el mayor respeto que la hiciera partícipe de aquel mundo escrito.

Así, dio inicio una forma de unión que jamás había tenido con mujer alguna y que incluso no había llegado a disfrutar en sus años de estudiante. De esta manera, comenzó a esperar cada jornada a que terminara el tiempo de trabajo y a que la mujer se le acercara y a que los dos disfrutaran con lo que brotaba de aquellas líneas impresas en el mismo lugar al que pretendía llegar.

Poco a poco, cada gesto, cada momento, cada instante fueron adquiriendo una significación especial. El jarro de agua que Marguerite le acercaba, el trozo de pan que le daba, la sonrisa que le brindaba, la atención que le dispensaba mientras leía se fueron convirtiendo en pequeños estallidos de goce que se expandían por el alma golpeada del exiliado.

Un día, se encontró diciéndose que aquella mujer era, en realidad, un bálsamo. Sí, era un ungüento de femineidad que se había extendido sobre sus heridas pasadas y presentes. De repente, nada de aquello parecía tener relevancia o si, la seguía presentando, era muy disminuida, como si casi no existiera. Aquellos días —justo era dar gracias a Dios por ello— lo estaban curando.

Sin embargo, el exiliado ni podía ni quería engañarse. Quedarse en aquel lugar era imposible. Totalmente imposible. En algún momento u otro, podrían encontrarlo, incluso entraba dentro de lo verosímil que lo hicieran sus tres perseguidores.

Pero incluso aunque aquel fuera un lugar totalmente aislado, aunque nunca llegara hasta el prado el Santo Oficio, aunque... No. Jamás podía quedarse allí. Era bien consciente de lo que tenía que hacer y de que debía llegar a su punto de destino.

Fue así como una tarde, después de que se habían reído juntos mientras jugaban con los niños, el exiliado le dijo que debía marcharse al día siguiente.

Un velo descendió inmediatamente sobre el rostro de Marguerite. Fue como si sus facciones quedaran paralizadas y sobre ellas se esparciera un tono casi opaco que las desdibujara. Abrió levemente los labios, pero de ellos no salió un solo sonido.

—Me iré antes de que salga el sol... para aprovechar todo el día de camino —explicó el exiliado.

—Pasad por la casa antes de partir y os daré algo de comida para el viaje.

—Será mejor que la guarde ahora... así, mañana no tendréis que madrugar por mi culpa.

Ambos sabían que las palabras del exiliado sólo eran un anuncio de que no deseaba despedidas, pero ninguno dijo nada.

—¿Y los niños? —preguntó Marguerite.

—Mañana —respondió el exiliado—. Mañana, puedes decirles... lo que estimes conveniente. Ahora déjalos disfrutar.

Ciertamente, los niños siguieron disfrutando, pero sobre Marguerite y el exiliado descendió un manto de espeso silencio.

Cuando llegó la hora de ir a dormir y tras recoger la comida que le dio a la puerta del granero, apenas pudo pronunciar algunas frases de gratitud que ella recibió con un gesto de mal oculta incomodidad. La vio retirarse hacia la casa con los pequeños y se dijo que ni siquiera el pesar había privado a sus andares de la gracia que los caracterizaba.

La noche fue azarosa. Cien veces intentó dormir y cien veces se despertó presa de la zozobra. Era como si las innumerables incomodidades del granero se hubieran conjurado para que no pudiera disfrutar de una sola hora de reposo.

Finalmente, abrumado por el esfuerzo de no dormir, cayó en un duermevela, fruto del cansancio. No hubiera podido precisar lo que duró ese estado, pero nunca olvidaría que salió de él con un respingo. Distinguió entonces, a unos pasos de él, una luz amarilla posada en el suelo. A su lado, se perfilaba la figura de Marguerite. Llevaba una camisa blanca que dejaba al descubierto los brazos y una falda oscura que le había visto muchas veces. De un salto, el exiliado se sentó y luego se pudo inmediatamente de pie.

—Pensé que estaríais a punto de marcharos y... y me pregunté si querríais darme un abrazo de despedida.

En su interior, sintió el exiliado el aviso de que si accedía a la petición estaría abriendo la puerta a una fuerza que quizá no podría contener. La advertencia fue clara, fuerte, casi imperiosa, pero antes de que se percatara de lo que estaba haciendo, abrió los brazos y rodeó con ellos a Marguerite.

No hubiera tenido palabras para expresar el incontenible océano de voluptuosas sensaciones que recorrieron todo su ser desde lo más profundo de su alma hasta el último lugar de su cuerpo. Fue como si la delicadeza, la dulzura, la belleza de aquella mujer se hubieran disuelto y, convertidas en fluido, hubieran penetrado en todo su ser limpiándolo de cualquier impureza que pudiera albergar.

—Voy a besaros —se escuchó decir mientras sus labios buscaban los de Marguerite. Fue un beso largo, cálido, profundo mientras notaba que la mujer se estremecía y dejaba escapar un gemido ahogado.

La apartó de si y vio cómo Marguerite bajaba los ojos en un gesto recatado de pudor. Acarició su mejilla y se quedó sorprendido de su suavidad. ¿Cómo era posible que pudiera tener aquella tez bajo el sol? ¿Cómo era posible que los brazos de la mujer parecieran de un alabastro cálido? ¿Cómo era posible que Marguerite hubiera provocado en él lo que antes nunca había provocado nadie?

Hubiera deseado contenerse ahí, pero no lo hizo. Acarició los oídos y las caderas de la mujer; recorrió su espalda y sus brazos; deslizó sus dedos por la cara y el cuello, pero se cuidó de bajar las manos por debajo de la cintura o de rozar sus pechos. Era como si deseara absorber la belleza de aquella mujer con las yemas de los dedos, pero sin realizar un solo movimiento que pudiera llevarla a sentirse ofendida.

Supo entonces, lo supo con toda certeza, que ella estaba dispuesta a entregársele; que apenas sería capaz de oponer resistencia; que, de intentarlo, cedería porque cada pulgada de su ser le gritaba que deseaba fundirse con él. Lo supo y también supo que no podía aceptar aquella dádiva. Recibirla hubiera sido como robar. Un robo no por necesidad sino egoísta, sucio, desconsiderado. Habría significado tomar a aquella mujer sin garantía de que volvería a verla, de que le daría algo más que los besos de aquella noche, de que sería para ella más que un pasajero consuelo para la soledad de meses o quizá años.

La apartó de si con suavidad, deslizó los dedos, lenta y suavemente, por la oreja y la mejilla izquierdas de Marguerite y la besó, esta vez en la frente, como habría hecho con un niño querido.

—Debo irme —dijo con el tono más dulce que pudo.

—¿Volveréis? —preguntó ella con la misma voz de que se valdría una criatura para saber si su madre regresará.

—No lo sé —confesó y percibió cómo un velo de pesar opacaba la delicada piel de Marguerite.

Respiró hondo, le acarició la cara y dijo:

—Es cierto. Realmente, lo ignoro. Sólo Dios lo sabe.

Estuvo a punto de decirle que regresaría por ella un día, que su espera concluiría con el reencuentro, que en algún momento del futuro estarían unidos y ya no se separarían jamás. Estuvo a punto, pero no le dijo una sola palabra porque él era el primero en ser consciente de que no tenía la menor garantía de acabar aquel día vivo, de que el Santo Oficio podía atraparlo en cualquier curva del camino, de que su existencia podía terminar en la estaca. ¿Qué garantía podía darle a una mujer, a esa mujer en especial, bajo esas condiciones?

—Marchaos —dijo—. Los niños pueden despertarse y se asustarían si no os ven cerca.

Marguerite se lanzó contra el pecho del exiliado y lo abrazó con fuerza como si deseara quedarse allí para siempre. El exiliado la sintió unos segundos y luego la apartó con suavidad.

—Marchaos —insistió.

Marguerite inclinó la cabeza en un gesto de asentimiento y se dio la vuelta para llegar a la escalera. El exiliado no la vio. Había cerrado los ojos en la convicción de que si volvía a contemplarla su resolución podría quebrarse. Sólo cuando escuchó que los pasos se alejaban, volvió a abrirlos.

CAPÍTULO 14

Contempló el pueblo. De buena gana, habría dado un rodeo para no entrar en aquel lugar, pero no había manera. Tendría que haber tomado un desvío unas horas antes, pero ahora ya era tarde y no le parecía adecuado desandar lo andado.

Decidió comer mientras pensaba en una alternativa. Se apartó del camino, se sentó bajo un árbol y apoyó la espalda en el tronco como si se tratara del respaldo de una silla. No se estaba mal. Abrió la alforja y sacó un trozo de queso. Era todo lo que le quedaba de la comida que le había dado Marguerite. Marguerite... ¿Cómo estaría ella? ¿Cómo estarían los niños? ¿Seguiría Su usando los juguetes que le había hecho? ¿Jacquot seguiría sano? Trazó un gesto de la mano delante de la frente como si espantara una mosca cuando, en realidad, se esforzaba por apartar unos pensamientos que podían convertirse en dolorosos.

Fue entonces cuando su mirada chocó con un anciano que se dirigía hacia el pueblo. Se apoyaba en un bastón y enseguida captó que, ciertamente, lo necesitaba porque una de sus rodillas estaba muy deteriorada. La naturaleza exacta de la enfermedad no hubiera podido asegurarla sin examinarlo, pero sí, la rótula no debía ser ya lo que fue cuando nació. Fue el observar aquel miembro dañado y, por una de esas asociaciones de ideas que tantas veces le acontecen a la mente humana, recordó a otra persona que padecía una dolencia semejante, a Alfonso, uno de sus perseguidores.

La primera vez que había escuchado hablar de él había sido a un conocido común. Le había agradado algo que había leído de Alfonso. No era hombre de formación y al exiliado no le sorprendió descubrir, tras leerlo con atención, que la obra de Alfonso no pasaba de ser un texto mediocre tanto como para olvidarse de él.

Durante años, no volvió a escuchar una palabra de Alfonso hasta que un día alguien le dijo que había defendido calurosamente uno de los peores pasos dados por los gobernantes del país. La medida adoptada por el poder era, a juicio del exiliado, profundamente dañina.

Al fin y a la postre, el rey había decidido que los naturales del reino no pudieran ir a estudiar a ninguna universidad extranjera para evitar que se vieran contaminados por la herejía. Al parecer la fe de los estudiantes resultaba tan frágil que el simple hecho de escuchar algo diferente podía separarlos de la iglesia a la que pertenecían. O quizá —y eso era lo más posible— las creencias de aquella iglesia sólo podían mantenerse sobre la base de la hoguera, de la ignorancia y de la superstición y no aguantaban la comparación con puntos de vista distintos de los que ella imponía a sangre y fuego.

Gracias a aquella disposición regia, generación tras generación de estudiantes se vería condenada a no poder conocer cualquiera de los avances descubiertos o ideados en el resto del mundo. Eso sí, los clérigos podrían dormir tranquilos y el rey seguramente sentiría que, de esa manera, estaba más cerca de Dios. Entre los defensores de aquella medida no sólo inicua sino, sobre todo, estúpida estaba Alfonso.

No había expresado el exiliado entonces su punto de vista, pero un día supo que Alfonso había comenzado a propalar calumnias contra él, calumnias que podían crearle serias complicaciones e incluso precipitarlo en una mazmorra del Santo Oficio. El porqué lo había hecho nunca llegó a saberlo completamente. Quizá fue un exceso de celo a la hora de cerrar más el país como si fuera una habitación condenada. Quizá fue pura ambición personal colocándose bajo el sol que más calentaba. Quizá fue que le agradaba, a fin de cuentas, sumarse a lo que se decidía e imponía, justa o injustamente, desde arriba. Quizá fue negra envidia.

Si bien se reflexionaba, resultaba curioso cuanto se parecía su actitud a la de Fernando. Sí, Alfonso tenía algo más de formación, pero no creía que lo que se albergaba en el fondo de su corazón fuera mejor. No, ciertamente, no lo era. No pudo evitar que en la cara se le dibujara una sonrisa.

Quizá, a fin de cuentas, no estaba huyendo a través de aquel reino por el afán de ortodoxia de unos sino por la mera envidia de otros. Esa secreción a veces, amarilla, a veces, verde y, a veces, negra que surge de los corazones de los mediocres que sufren por el bien ajeno era, a fin de cuentas, la que lo llevaba a viajar de noche y por lugares aislados.

Visto así, quizá constituiría un ejercicio saludable y aleccionador examinar la Historia de la Humanidad a la luz de la envidia. Sin duda, el primer asesinato, el de Abel a manos de su hermano Caín había tenido lugar porque éste envidiaba a su hermano. Y César no había sido cosido a puñaladas por amor a la libertad sino por la envidia de los que no podían soportar a alguien valiente, brillante, genial en una palabra.

Y, seguramente, Jesús había sido crucificado porque los dirigentes religiosos de su época envidiaban la manera en que lo seguían unas multitudes cuya miseria espiritual no había sido remediada por las autoridades del templo.

Y... que más daba. Alfonso era sólo uno de tantos envidiosos que, de repente, con razón o sin ella, creen ver a alguien mejor que ellos y en lugar de imitarlo, de admirarlo, de tomarlo como ejemplo, de intentar incluso superarlo, deciden destruirlo. Son como aquella serpiente que decidió devorar a la luciérnaga y cuando el diminuto animalito preguntó al reptil por qué lo hacía, recibió como respuesta sólo dos palabras: porque brillas. Sí, aquellos sujetos no menos viles que una víbora habían decidido ayudar a que le quitaran la vida porque habían pensado que brillaba.

Se puso en pie y decidió dirigirse hacia la población. La atravesaría lo más rápidamente posible y continuaría su camino todo el tiempo que pudiera antes de la caída de la noche.

No había guardianes a la puerta lo que interpretó como que no tendría que pagar derecho de portazgo. Así fue.

Continuó la calle que serpenteaba ante su vista, subió una cuestecilla muy suave y fue a dar a la plaza del pueblo. Debía encontrarse, pues, más o menos, a mitad de camino.

Contempló entonces que unos chicuelos gritaban mientras correteaban. Pero no jugaban. No. Estaban arrojando inmundicias a un hombre atado en el rollo, el postecillo de piedra donde en los pueblos se ataba a los condenados por ciertos delitos. El desgraciado tenía las manos sujetas con cadenas por encima de su cuerpo e, incapaz de protegerse el rostro, inclinaba la cabeza buscando esconderla bajo el brazo.

El exiliado se dijo que se trataba de un espectáculo bochornoso. Aún en el supuesto de que resultara aceptable ser expuesto a la vergüenza pública era totalmente indigno dejar a nadie a merced de unos niños ignorantes y crueles y de unos adultos no menos crueles e ignorantes, pero cargados de pasiones aún peores.

Debería haber proseguido su camino sin detenerse, pero no pudo evitar acercarse a aquel hombre. Espantó a los muchachos que atormentaban al desdichado y se quedó un momento contemplándolo.

En otra época, sus vestiduras podían haber sido buenas, incluso elegantes, pero ahora estaban convertidas en una mezcla maloliente de todo tipo de inmundicias. Sobre él habían arrojado salivazos y excrementos, frutas podridas y verduras descompuestas, tierra y líquidos que no deseaba identificar. El letrero colgado del rollo lo denunciaba como ladrón y el exiliado se dijo que mucho debía haber robado para llegar a esa situación. Entonces, tosiendo, llorando, escupiendo, el encadenado sacó la cabeza de debajo del brazo.

El exiliado parpadeó al contemplar el rostro ahora expuesto. Sí. Sí. ¡¡Sí!! ¡¡Era él!! Dio unos pasos para acercarse más al reo y liberarse de cualquier duda. ¡¡¡Por supuesto que era él!!! También el encadenado lo reconoció y, al hacerlo, sus cejas se enarcaron mientras se agitaba abochornado y volvía a colocar la cabeza bajo el brazo.

El exiliado no dijo una sola palabra. Buscó con la mirada una fuente. La descubrió a unos pasos. Caminó hacia ella y tomando la calabaza la llenó totalmente. Luego sacó una de sus camisas de la alforja y la mojó en agua hasta empaparla por completo. Después regresó al rollo.

Le costó sacar la cabeza del hombre de debajo del brazo. Sin duda, esperaba que lo golpeara y se resistió, pero el tener las dos manos encadenadas no le permitió oponer una resistencia efectiva.

Entonces, cuando el exiliado tuvo aquel cráneo entre sus manos, le sujetó el mentón y comenzó a limpiarle el rostro con la camisa rezumante. Inicialmente, el ladrón intentó evitarlo, pero, al comprender que el exiliado sólo pretendía aliviarlo, permitió que le liberara de la costra de suciedad que le ensuciaba la cara. Cuando terminó la limpieza, el exiliado destapó la calabaza y la acercó a los labios del encadenado. El hombre bebió con ansia, como si en ello le fuera la vida y el exiliado se dijo que, quizá llevaba sin probar una gota, varios días.

—Bebed despacio —le dijo— o puede haceros daño.

Pero el encadenado no lo escuchó. Sus labios estaban resecos como cuero desgastado y la garganta le ardía. No le importaba lo más mínimo morir si así conseguía saciar la sed. Terminó el larguísimo trago tosiendo. Luego volvió a bajar la mirada.

—Tengo la sensación de que este agua os ha sido de más utilidad que la que utilizabais para quitaros los pecados veniales.

El hombre intentó ocultar mejor su rostro bajo el brazo y al exiliado le pareció que reprimía un sollozo.

—Cuando salgáis de aquí, buscad la verdadera Agua de vida y mejorad vuestra teología que, mucho me temo, es la que os ha traído hasta aquí.

El exiliado recogió ahora la camisa y la calabaza y volvió a dirigirse a la fuente. Lavó la prenda lo mejor que pudo, la escurrió y extendió para ayudar a que se secara siquiera un poco y luego llenó el recipiente.

Tomó entonces de nuevo la camisa y la sacudió. Después, húmeda, pero ya no chorreante, la tomó con la mano izquierda y aseguró la calabaza llena de agua.

Antes de partir, volvió a mirar al hombre que lo había estafado tiempo atrás. Su cara, ahora limpia, se convulsionaba en llanto.

CAPÍTULO 15

Por primera vez desde que abandonó su casa, el exiliado sintió que era mal recibido. En las semanas anteriores, podía haber sido contemplado con curiosidad, como presa del Santo Oficio, como incauto para una estafa, como objeto de amor y deseo, pero en ningún momento había captado hostilidad. Ahora la descubría como un sentimiento dominante. La había percibido al llegar a la ciudad.

En otros lugares, los forasteros, los extraños, los exiliados como él eran personas aisladas. Uno, aquí; otro, allá; quizá una familia. Sin embargo, aquella ciudad era como un imán que atraía a todos los que huían de la intolerancia, del liberticidio, del Santo Oficio. Y ese poder de atracción se había extendido por todo el continente.

Para poder penetrar en el interior de la ciudad había que esperar incrustado en una fila inmensa donde se escuchaban voces en francés, en alemán, en italiano, en español y en otras mil lenguas que el exiliado desconocía. Llegar allí era, quizá, sólo quizá, escapar de la muerte, de la confiscación, de la cárcel.

Sin embargo, junto a la posibilidad de refugio, de acogida, de asilo, la ciudad estaba llena de naturales que miraban con desconfianza a los recién llegados. Lo captó a la perfección al ver cómo la gente que salía de la urbe contemplaba con malestar e incluso con irritación la fila en la que esperaba el exiliado. Saltaba a la vista que la idea de recibir a millares de exiliados —¿todos los días habría tanta gente esperando para entrar en la ciudad?— les provocaba una mezcla de ansiedad, inquietud y hostilidad.

Tuvo que esperar varias horas hasta llegar a la entrada de la ciudad. Finalmente, se encontró ante un escribano que se dirigió a él en lengua francesa. Conocía bien el exiliado aquel idioma que no había dejado de practicar en los últimos meses y respondió con soltura las preguntas que le formuló referentes a sus señas personales, a su origen y a las razones para llegar a la ciudad.

—No esperéis —le dijo el escribano con gesto severo— vivir aquí de la mendicidad. En esta ciudad, se sigue a rajatabla la enseñanza del apóstol San Pablo que establece que quien no trabaja tampoco debe comer.

—Me parece justo —respondió con sinceridad el exiliado.

—Bien, bien y ¿qué es lo que sabéis hacer?

—Soy médico.

El escribano se acarició la barba pensativo. Luego mirando al exiliado indagó:

—¿Lleváis con vos el instrumental necesario?

—Me lo robaron hace semanas —respondió apenado el exiliado.

—No os apuréis. Suele pasar. Los caminos no son seguros y no lo son especialmente para los extranjeros. Nos ocuparemos de eso. Debéis acercaros a la Bourse Française. Allí procurarán entregaros un instrumental adecuado para ejercer vuestra profesión. Ese guarda os indicará cómo llegar.

—Muchas gracias, señor —dijo el exiliado con una respetuosa inclinación.

—Esperad —dijo el escribano— necesitareis esto.

Garrapateó unas líneas y se lo tendió al exiliado que tomó el papel que le tendía. En él, se recogían sus circunstancias personales incluida con letra mayor la de que era médico. Volvió a darle las gracias y, a continuación, se acercó al guardia que le indicó con cuidado cómo llegar a la Bourse.

No estaba muy lejos el lugar en cuestión. Se encontraba anejo a una iglesia y ante él, como era de esperar, se perfilaba una fila en la que reconoció a algunos de los que lo habían precedido a la entrada de la ciudad. En su mayoría, eran artesanos, quizá algunos jornaleros, pero, en todos los casos, gente acostumbrada a vivir de su trabajo. Toda su vida se habían ganado la vida con su esfuerzo personal y, previsiblemente, también lo conseguirían en aquella tierra tan lejana de los lugares que los habían visto nacer.

Para entretener la espera, el exiliado sacó uno de sus libros que llevaba en la alforja y comenzó a leer. De esa manera, casi no se percató del tiempo pasado. De hecho, tan enfrascado se encontraba en la lectura que se sorprendió al darse cuenta de que ya estaba ante la mesa donde debían atenderlo. Instintivamente, tendió el pedazo de papel que le había entregado el escribano que había a la entrada de la ciudad. El que ahora estaba sentado ante él lo tomó y lo leyó.

—¿Vos sois médico? —preguntó mirándole a los ojos.

—Sí, señor. Así es —respondió el exiliado.

—No tendréis, por lo tanto, inconveniente en que otro médico examine el estado de vuestros conocimientos...

—No. Ninguno —respondió el exiliado— ni el más mínimo.

—Bien. Bien. Esperad en ese rincón.

El exiliado no pudo reprimir una sonrisa mientras pensaba que el día lo iba a emplear en una espera tras otra. De nuevo, sacó un libro de la alforja y comenzó a leer. De aquel grato pasatiempo lo sacó una voz masculina y amable.

—¿Vos sois el médico?

Quien se dirigía a él era un hombre delgado, con perilla puntiaguda y blanca y una calva que ocupaba casi de manera total el cráneo. Vestía de un negro riguroso, aunque su cuello estaba flanqueado por una delgada gorguera de un blanco inmaculado lo que provocaba un contraste casi luminoso de colores.

—Sí, señor. Así es.

—Bien. Me veo en la obligación de formularos algunas advertencias. En esta ciudad, ciertamente, se ayuda con espíritu cristiano a los que se encuentran en necesidad, pero no se mantiene a los holgazanes. No damos limosnas, pero sí ayudamos en la medida de lo posible a la gente para que pueda ganarse la vida con su esfuerzo. Si alguien tiene un oficio, le ayudamos para que pueda desempeñarlo; si no lo tiene, procuramos enseñárselo para que pueda mantenerse honradamente con el trabajo de sus manos. ¿Me entendéis?

—Sí, señor. Os entiendo.

—Perfecto. En el caso de que una persona tenga un oficio o, como en vuestro caso, una profesión, podemos proporcionarle el instrumental adecuado si es que carece de él. Observo que vos no tenéis el indispensable en un médico.

—Me lo robaron cuando...

El hombre de la barbita puntiaguda levantó la mano para imponer silencio.

—Tendremos tiempo quizá más tarde para entrar en detalles. El caso es que, hoy por hoy, carecéis de él. El instrumental de un médico no es algo barato. No es lo mismo que darle herramientas a un zapatero o a un carpintero. La ciudad está más que dispuesta a ayudaros, pero debe asegurarse de que sois un médico y no un impostor que se hará con el instrumental y luego huirá con él vendiéndolo en cualquier sitio. ¿Me comprendéis?

El exiliado cerró los ojos y asintió. Se decía que todo lo que escuchaba era razonable aunque, tristemente, también dejaba claramente de manifiesto lo penoso de su situación. En otro tiempo, en otro lugar, había sido un hombre respetable, tan respetable como, bien lo sabía él, para despertar envidias. Aquí y ahora, era sólo un exiliado que debía volver a someterse a un examen como si fuera un bachiller.

—Os comprendo, sí. Podéis preguntar lo que estiméis conveniente.

—Lo haré —dijo el hombre de la perilla.

Lo que se desarrolló a continuación fue un examen de creciente dificultad. Las primeras preguntas tuvieron que ver con conceptos elementales de anatomía. El exiliado no conocía bien la terminología en francés, pero sorteó ese inconveniente dando el nombre de los órganos en latín, algo que provocó más de un comentario admirativo del examinador.

Cuando quedó satisfecho con esta parte, pasó a referirse a enfermedades y dolencias concretas. Todas ellas las conocía bien el exiliado e incluso las había tratado. En un momento determinado, el hombre de la perilla puntiaguda dejó de examinarlo para pasar a contrastar sus puntos de vista acerca de ciertas terapias con los del exiliado. Sin darse cuenta, había dejado de considerarlo un examinando para contemplarlo como a un avezado colega.

—¿Y os dio resultado? —le preguntó más que interesado en un momento de la conversación.

—Sí. Muy rápido. Y total.

El examinador se tironeó de la perilla, primero, y luego pasó las manos arriba y debajo de su bigote y de su boca. Resultaba obvio que no tenía ante él a un impostor, a un simple estudiante de medicina o incluso a un médico inexperto. Ante él estaba un profesional de notable competencia.

—Tenéis que disculparme por este examen —dijo al fin—. Lamento de todo corazón haberos sometido a esta incómoda prueba, pero no poseemos otra manera de actuar para determinar la veracidad de lo que pueda afirmar cualquier recién llegado. Desde luego, debo deciros que no me cabe la menor duda de que sois un médico más que notable.

Fue escuchar aquellas palabras y en el pecho del exiliado apareció no un fogonazo de alegría sino un foco de inquietud. Aquel hombre se había dado cuenta de quién era, sí, pero ¿y si ahora se comportaba como la gente de su país de origen? ¿Y si, en lugar de aceptar la realidad, decidía ahora causarle cualquier daño por mera envidia? ¿Y si, como era común en el reino donde había visto la primera luz, el hecho de ser excepcional significaba la vía segura no hacia el reconocimiento sino hacia la peor de las desgracias? ¿Y si aquella ciudad en la que tanto había señado, al fin y a la postre, estaba también llena de gente como Alfonso o Fernando?

—Esta ciudad necesita gente como vos —le dijo el hombre de la perilla puntiaguda como si hubiera adivinado los pensamientos del exiliado—. No es que no necesitemos cordeleros o carniceros, pero alguien como vos... alguien como vos significa para nosotros un regalo del cielo. Sois el tipo de gente que necesitamos.

El exiliado sintió que algo en su pecho se había roto al escuchar aquellas palabras y que, subiéndole por la garganta, había llegado a sus ojos llenándolos de lágrimas. ¿Era posible lo que acababa de escuchar?

—Vamos, vamos —dijo el hombre de la perilla mirando hacia otro lado para no avergonzar al exiliado—. No os apuréis. Ya estáis a salvo y aquí empezareis una nueva vida. Esa vida no sólo será buena para vos sino también para todos los que acudan a vos.

El exiliado no pudo responder. El nudo que le atenazaba la garganta se lo impedía.

—¿Tenéis esposa? ¿Hijos? La ciudad ofrece una escuela gratuita y abierta para todos. Es algo inusitado, lo sé, pero estamos convencidos de que es imposible progresar sin educación. Bueno, incluso es imposible ser un buen cristiano sin saber leer y escribir. ¿Cómo podría nadie estudiar la Biblia siendo un analfabeto?

El exiliado tuvo que esforzarse para responder sin que se le quebrara la voz.

—No... no tengo esposa. Ni hijos. Estoy solo.

—Estar solo es mejor para huir, pero ahora que estáis a salvo... bueno, Dios dirá. Libraré una orden para que os entreguen el equipo necesario a fin de que podáis ejercer vuestra profesión. Necesitareis un alojamiento, un lugar donde tener la consulta...

De nuevo, el hombre se tironeó suavemente de la perilla. Resultaba obvio que estaba dándole vueltas a algo de cierta relevancia.

—Sé —comenzó a decir —que es algo que está muy por debajo de vuestras posibilidades, pero ¿aceptaríais alojaros en mi casa hasta que encontréis un lugar mejor? Es un lugar humilde, pero limpio y allí podríais comenzar a atender vuestros primeros pacientes...

El exiliado tuvo la certeza de que acababa de empezar una nueva vida.

CAPÍTULO 16

Durante las semanas siguientes, el exiliado descubrió que vivía en un mundo muy diferente del que había conocido a lo largo de su existencia. Había esperado, ciertamente, no ser perseguido en el lugar hacia el que se había dirigido. También había pensado que podría ganarse la vida de manera mejor o peor.

Sin embargo, nunca contó con conocer un lugar donde no había mendigos por la sencilla razón de que se aplicaba el principio paulino de que «el que no quisiera trabajar tampoco debía comer». Nunca esperó conocer un lugar donde los niños iban todos a la escuela y además así sucedía porque se consideraba que recibir una educación era dar los primeros pasos hacia la santidad. Nunca esperó conocer un lugar donde los mejores no eran perseguidos por la envidia sino promocionados por su valía. Nunca esperó conocer un lugar donde la mentira y el hurto no fueran considerados pecados veniales sino gravísimas faltas sociales. Menos aún si cabe esperó encontrar unas expresiones del arte que se centraban en la música, en la literatura y en la pintura y que repudiaban forjar instrumentos ante los que la gente se inclinara como si fueran seres vivos en lugar de pedazos de madera, metal o yeso.

En nada de ello había pensado jamás. Había aspirado sólo a respirar con tranquilidad, a no tener que mirar hacia atrás para ver si lo perseguían, a no tener que ocultarse para evitar ser presa de los envidiosos.

Ahora se preguntaba cada vez más si para que sucediera algo así no sería necesario que la población viviera como vivía aquella. Si ése era el caso, el reino del que había escapado podía ser el más rico del mundo ahora, pero iba camino de un empobrecimiento pavoroso y de una ruina espantosa que, quizá, en su inmensa soberbia y su cerrado fanatismo no llegara a comprender jamás.

Sí, se dijo el exiliado, ciertamente, en esta vida, todos son extranjeros y peregrinos, pero existen lugares en la tierra para convertir en más dulce, siquiera en más tolerable, el exilio.

Sin percatarse de ello, el exiliado fue recuperando el sentimiento de placer que sólo nace de ejercer una forma de trabajo que se conoce a fondo y que es útil a los demás. Las enfermedades infantiles, las dolencias de los ancianos, los padecimientos de las mujeres, las debilidades de los varones eran, día tras día, desafíos que el exiliado resolvía con la misma dedicación y disfrute que un matemático que da con la solución clara de un complejo problema.

Sí, aquellos cuellos hinchados, aquellos miembros rotos, aquellos pechos congestionados presentaban retos que, al ser tratados adecuadamente, se traducían en salud y libertad para los pacientes.

Era precisamente en esos momentos en que la fiebre bajaba, en que los miembros volvían a moverse, en que el dolor desaparecía cuando llegaban hasta el corazón del exiliado imágenes de otros tiempos pasados y felices. Aquella época en que su madre insistía en darles de comer a todas horas a su hermano y a él; en que su hermano no lo perseguía sino que reía con él; en que comenzaba a saborear el placer de la lectura; en que comprendió que podía descubrir multitud de cosas que nunca le habían enseñado y que jamás le enseñarían. Todo aquello había sido hermoso, incluso muy hermoso, pero había pasado igual que las uvas maduras comidas en otoños ya acontecidos o que los brotes de los árboles en primaveras hace tiempo pasadas.

Ahora, al venirle a las mientes, no le causaban daño alguno sino que se convertían en dulces remembranzas de lo que era pasado definitivo y superado por el presente. En ese presente nuevo e inesperado vivía y, al vivir en él, comprendía que era más que posible un mundo nuevo y mejor que el que había conocido. En ese mundo, era hasta posible ser feliz y serlo de otra forma.

Poco a poco, la vida del exiliado fue adquiriendo las características de la normalidad. Comer sin mirar por encima del hombro para conjurar una amenaza, dormir sin pensar en continuar la huida, pasear sin mirar con el rabillo del ojo a cualquiera que pudiera aparecer por el camino, leer sin tener que esconderse de los denunciantes, trabajar sin verse en la obligación de guardarse de los envidiosos, permitirse incluso disfrutar de pequeños placeres.

Más por complacerle que por gusto propio, el exiliado jugaba casi todas las noches una partida de ajedrez con el médico de la perilla puntiaguda. Nunca había dominado aquel juego e incluso si hubiera sido así, habría dejado ganar a su anfitrión, un hombre bueno, trabajador y amante de su profesión y de sus libros. Era viudo y tenía dos hijos, pero no vivían con él. Las labores de la casa quedaban en manos de un ama de llaves que llegaba antes del amanecer y que se marchaba algo antes de la puesta del sol. No resultaba sorprendente que aquel médico, mayor que él y solo, se encontrara a gusto departiendo con un colega venido de un reino lejano.

Una de aquellas tardes, el exiliado decidió dar un paseo fuera de la ciudad. Ya era relativamente conocido y mientras caminaba por las calles, algunas personas lo saludaban e incluso se le acercaban para formularle preguntas o exponerle comentarios. No era el exiliado persona vanidosa, pero agradecía aquellas muestras de afecto porque le afirmaban en la idea de que estaba echando raíces en aquel nuevo cosmos.

Con esa satisfacción, siguió andando y, sin darse cuenta, se encontró caminando bajo los árboles que arrojaban su sombra fuera de la ciudad. Había llovido y el exiliado disfrutó del aroma a tierra mojada y del brillo del agua que esmaltaba las hojas de los árboles.

Sonreía complacido disfrutando de aquellos pequeños dones cuando escuchó un crujido a su espalda. Instintivamente, se volvió para ver de dónde procedía aquel inesperado ruidito. Pero no llegó a ver nada.

Antes de que girara la cabeza, sintió un golpe agudo en la coronilla. Apenas llegó a experimentar el dolor porque antes de que así sucediera todo se volvió negro y el mundo se desvaneció.

CAPÍTULO 17

Cuando volvió en sí, el exiliado sintió que todo su cuerpo había quedado reducido a una masa crispada por el dolor. Cerca de la coronilla, percibió un escozor espantoso, como si le estuvieran colocando una antorcha contra la cabeza.

Intentó moverse y tocar aquel punto de tormento, pero entonces se percató de que tenía las manos atadas a la espalda y sus extremidades no sólo le enviaban corrientes de angustia de las muñecas hasta el cuello sino que esa penosa sensación le descendía por la espina dorsal hasta llegar a la cintura. Probó a mover los pies, pero descubrió que también estaban atados y que en esa parte de su cuerpo se desplazaba desde los tobillos hasta la cintura provocando un repunte de sufrimiento en las rodillas.

Quiso entonces abrir los labios, pero se percató de que tenía una mordaza introducida en la boca que se lo impedía. Lo habían atado contra un árbol y su cuerpo que debía haber experimentado aquella posición durante horas se veía convertido en una especie de enemigo sordo que lo torturaba con incesantes oleadas de padecimiento. Fue entonces cuando, poco a poco, entreabrió los párpados.

Descubrió con hondo pesar que, a pocos pasos de él, se encontraban tres hombres a los que conocía muy bien. Sí, eran Fernando, Alfonso y su hermano. Lo habían encontrado y secuestrado y lo habían hecho precisamente cuando ya había llegado a su anhelado lugar de refugio y disfrutaba de una nueva vida, fecunda y feliz. Había creído estar salvo y a la vista estaba que no había sido así.

Una sensación de inmensa pesadumbre se apoderó del pecho del exiliado. ¿Así que, a fin de cuentas, no podría escaparse de la mazmorra, de la tortura, de la hoguera? ¿Sería además así por la acción de dos envidiosos, a uno de los cuales había dado de comer durante años, y de alguien que tenía su misma sangre? Cerró los ojos y procuró sosegarse. Estaba convencido de que la ira, la inquietud, el miedo son pésimos compañeros y en una situación mala todavía podían resultar peores.

El exiliado se dijo que resultaba imperioso saber qué pretendían, por dónde pasarían, si contaban con más gente que les prestara ayuda. Además pensó que el que se hubieran apoderado de él, no significaba que no pudiera escapar. Caer en manos del Santo Oficio en el reino donde había nacido equivalía a una sentencia a muerte segura, pero lo cierto es que no se encontraban en ese reino. No todavía. No durante días o semanas. Le arrancó de sus reflexiones una inesperada patada.

—Despierta, hereje —resonó áspera la voz de Fernando.

La coz del carirredondo perseguidor había dado contra su tobillo izquierdo provocándolo un dolor agudo que le obligó a apretar los dientes para reprimir un alarido de dolor.

—No despierta —dijo Fernando a sus compañeros—. Quizá tenga que darle la patada más arriba.

—Es suficiente —sonó ahora otra voz que identificó con la de su hermano.

Fernando reprimió un gesto de malestar. No podía caber duda alguna de que le hubiera gustado patearlo a su placer. Quizá pensaba que merecía darle una coz al exiliado por cada plato de comida para él y su familia que había recibido.

El hermano apartó a Fernando y se inclinó sobre el rostro del exiliado.

—Si te quito la mordaza, ¿prometes que no gritarás?

El exiliado inclinó la cabeza en gesto de asentimiento y su hermano le retiró el pañuelo que le rodeaba la cabeza para sacarle luego el trapo que le habían metido en la boca. El exiliado movió la lengua y aspiró goloso el aire que entró fresco en una cavidad bucal reseca y con sabor amargo.

—¿Quieres agua? —le preguntó su hermano.

De nuevo, volvió a asentir con la cabeza. El hermano se apartó del árbol y cubrió los pocos pasos que lo separaban de una calabaza. Regresó, se inclinó sobre el exiliado y le acercó el recipiente a los labios resecos. Bebió casi con ansia hasta que su hermano le retiró la calabaza.

—No sé yo si merece la pena gastar agua en él. Total... —masculló Fernando.

—El camino de regreso no es corto —dijo el hermano—. ¿No pretenderéis que entreguemos al Santo Oficio el cadáver de un muerto de sed?

Fernando agachó la testuz en aquel gesto tan suyo que recordaba los movimientos de los bueyes.

—No, por supuesto —intervino Alfonso que, hasta ese momento, había permanecido callado—. Tiene que llegar vivo y muy vivo. Y entonces responderá de todos sus crímenes.

El exiliado sintió más curiosidad que indignación al escuchar la palabra «crímenes». ¿A qué podía estar refiriéndose aquel miserable? ¿Consideraba acaso que era un «crimen» no estar de acuerdo con que los estudiantes del reino se vieran vedado el ir a universidades extranjeras? ¿Pensaba que atenerse a lo que decía la Biblia en materia de teología era también un «crimen»? ¿Acaso era un «crimen» estar por encima de mediocres y envidiosos? Todo aquello se preguntó, pero nada dijo convencido como estaba de que ya había sido condenado por aquel sujeto servil antes de que procediera a dictar sentencia el Santo Oficio.

—Eso es cierto, don Alfonso —dijo Fernando— pero ya que lo tenemos aquí no sé yo si merece la pena irlo arrastrando hasta su destino. Una soga con nudos y...

—No somos bandoleros —le interrumpió el hermano— ni tampoco somos verdugos. Todo se hará de acuerdo con la ley.

—Hay un problema de todas formas —dijo Fernando—. Sólo contamos con tres monturas...

—Vos le cederéis la vuestra —le cortó el hermano.

Fernando levantó su frente bovina en un gesto de mal reprimida ira. Saltaba a la vista que no estaba en absoluto de acuerdo con lo que acababa de escuchar, pero no se atrevía a oponerse.

—No podemos arrastrar a este hombre atado a un caballo. Llamaríamos la atención y no es imposible que las autoridades nos obligaran a ponerlo en libertad. Incluso cabría que nos hicieran comparecer a nosotros ante un juez y cierto es que ninguna jurisdicción tenemos en este reino...

—Pues muy malos cristianos demostrarían ser —dijo airado Fernando— al obstaculizar de esa manera la justicia del Santo Oficio. El Juez divino, sin duda, no los dejará sin su justo castigo.

—Sin duda, pero, de momento, tenemos que ser prudentes. Él tiene un aspecto innegable de hidalgo lo que es, dicho sea de paso, aunque también sea hereje. Vos, sin embargo, parecéis un villano que es lo que, a fin de cuentas, sois. Adecuado es, por tanto, que vos vayáis a pie y él, a lomos de caballo.

De nuevo, el rostro de Fernando acusó el desagradable impacto que le habían causado las palabras que acababa de escuchar. Se mirara como se mirara que él, al servicio del Santo Oficio, tuviera que aceptar ir a pie para que un hereje fuera montado resultaba repugnante al sentido más elemental del decoro y de la religión. Era injusto y además inmoral. Quizá hasta podría acercarse a la herejía, pero, de momento, no había llegado el momento de imponerse.

—Sea como decís —dijo Fernando bajando de nuevo la cabeza— pero cuando crucemos la raya del reino, él, que es un hereje, irá a pie y yo iré cabalgando.

Había esperado Fernando que alguno de los presentes respaldara su afirmación, pero Alfonso calló como si no lo hubiera escuchado y el hermano ni siquiera abrió los labios.

—En menos de un mes podríamos estar de regreso —dijo Alfonso cambiando de tema.

—Poco parece —masculló Fernando.

—Al venir perdimos mucho tiempo avanzando y retrocediendo, indagando, preguntando —continuó hablando Alfonso sin escuchar las palabras de Fernando—. Ahora regresamos casi en línea recta. No tenemos que detenernos más que lo indispensable para que descansen las caballerías y éste.

Fernando captó el tono despectivo con que Alfonso se había referido a él y frunció la mirada como si así pudiera disminuir el sentimiento de humillación que experimentaba, una sensación tan ardiente como si le quemara la piel.

—Lo más urgente es alejarnos de la ciudad lo más pronto que podamos —continuó Alfonso—. Si por alguna casualidad se percataran de su ausencia podrían salir en su busca...

—¿Vos creéis? —le interrumpió el hermano—. No creo que sea tan importante...

—Con seguridad no lo es —aceptó Alfonso— pero los herejes se protegen mucho entre ellos. No podemos descartar que intenten rescatarlo.

—Si sucediera eso, yo me encargaría de degollarlo antes de que pudieran acercársele siquiera —dijo Fernando con airada firmeza.

—Así queda dispuesto —aceptó Alfonso—. No podemos tolerar que los herejes lo salven de su más que justo castigo. Y ahora lo mejor sería descansar y partir al alba.

Hubiera deseado pensar en la mejor manera de escapar de aquella guardia férrea de tres, pero comprendió que no era el momento. Ahora era mejor que intentara descansar algo. Al día siguiente, tendría tiempo para pensar en la mejor manera de evadirse de aquella situación.

CAPÍTULO 18

El exiliado se dijo que no dejaba de ser irónico que realizara con más comodidad el viaje de regreso hacia la muerte que el que lo había alejado, siquiera temporalmente, de ella. Tal y como habían dispuesto sus captores la noche antes, iba a lomos de uno de los caballos aunque seguía atado y de su lado no se separaba Fernando. Si hubiera intentado espolear su montura o siquiera apartarse un poco lo habrían atrapado y, seguramente, el carirredondo le habría dado muerte.

Durante aquellas semanas, había pensado en varias ocasiones por las razones que habían arrastrado a Alfonso y a Fernando a ir en su persecución. Pero ahora reparó en que no se había detenido en pensar en las que podían haber movido a su hermano.

Por supuesto, su caso podía ser semejante al de Juan Díaz que fue asesinado por su hermano que lo consideraba un hereje. Sin embargo, quien ahora cabalgaba al lado de Alfonso nunca había sido especialmente religioso. Salvo que hubiera experimentado un inesperado fervor del que el exiliado no tenía la menor noticia, esa causa parecía descartable.

Pero ¿entonces qué podía haberlo movido? ¿Que él había sido el preferido de su madre? En la infancia, su hermano lo había sido de su padre que lo había visto siempre más cercano y parecido a él. ¿La herencia? Podía el exiliado haber recibido más de su padre y rechazó tal eventualidad precisamente para evitar que su hermano se enemistara con él. Incluso, la vida de su hermano siempre había sido más segura y tranquila que la suya sometida al albur de lo que pudiera suceder.

No, ciertamente, por más que lo pensaba no lograba acertar con las motivaciones de su hermano para unirse a aquella expedición de caza. En cualquier caso, lo cierto es que había decidido ayudar a sus captores y que a esa colaboración debía su actual cautividad y, más que posiblemente, su futura condena y segura muerte.

En estos pensamientos permaneció sumido el exiliado durante los dos día, siguientes a su secuestro hasta que una mañana tuvo la sensación de que los seguían. No pudo ser más fortuita la manera en que se percató de ello.

Llevaba las manos atadas a la silla y, en un intento de rascarse la barbilla, giró la cabeza hacia la derecha para rozarla con su hombro. Fue precisamente en ese instante en que sus ojos miraron hacia atrás cuando distinguió al grupo. Eran también cuatro. Lo más seguro es que se tratara sólo de viajeros, pero si conseguía avisarles...

Por desgracia para el exiliado no fue el único que se percató de la cercanía de aquellos jinetes. Alfonso había detenido el caballo para descabalgar, estirar las piernas y frotarse la rodilla dolorida cuando los vio. El gesto incómodo que se reflejó en su rostro ajado pocas dudas dejaba de que también había captado la posibilidad del peligro. Con rapidez, a pesar de que cojeaba, se llegó hasta Fernando.

—Tomad —le dijo mientras le tendía una daga que desciñó de su cinto—. Si pide ayuda o si intenta escapar no dudéis en atravesarlo. Alguien que se opone a la verdad no merece vivir.

A continuación, Alfonso se dirigió al hermano.

—Si alguien en ese grupo pretende liberarlo, vos y yo dispararemos las pistolas y luego remataremos al que quede vivo con las espadas. ¿Estáis de acuerdo?

El hermano frunció los labios y asintió.

—Entonces todo está en orden —dijo Alfonso—. Vamos a detenernos.

El exiliado sintió como Fernando le agarraba uno de los pies y lo empujaba hacia arriba lanzándolo por encima de la silla. Sintió un dolor agudo al estrellarse contra el suelo y, por un instante, temió que la caída le hubiera dislocado el hombro. Pronto se percató, sin embargo, de que sólo había recibido un golpe de consideración, pero que no tenía nada roto ni dislocado. Lo que no era seguro es que volviera a tener esa suerte la próxima vez que Fernando lo desmontara de esa manera.

—Si habláis, tengo esto —escuchó que le decía Fernando a la vez que se golpeaba la daga que le había entregado Alfonso. Luego tiró de sus hombros para ponerlo en pie.

—Pueden ver que está atado... —dijo Alfonso—. Fernando, quítale las ligaduras, pero no lo pierdas de vista. Al primer movimiento dudoso, lo ensartas como a un cerdo.

A un centenar de pasos, los cuatro jinetes parecieron figuras más nítidas. El atuendo rigurosamente sobrio que presentaban obligaba a pensar que procedían de la ciudad en cuyos alrededores había sido secuestrado el exiliado.

No sólo él lo pensó. Pudo observar que tanto Alfonso como su hermano alargaban la mano hacia las pistolas que llevaban colgadas del arzón. Cuando se encontraron a tan sólo una docena de pasos, el exiliado se percató de cómo Fernando sacaba la daga del cinto y, con gesto altivo, comenzaba a limpiarse las uñas con ella. El exiliado elevó una oración a Dios para que los jinetes no realizaran un solo movimiento que pudiera ser malinterpretado porque era obvio que aquel villano lo aprovecharía para apuñalarlo.

Los jinetes se detuvieron poco antes de llegar a la altura del grupo. En un francés pulido, casi elegante, el que iba en cabeza, preguntó si sufrían algún percance y si necesitaban ayuda. Alfonso, en un pésimo latín, propio de un cura de misa y olla, respondió que sólo estaban descansando y que no precisaban de nada.

En ese momento, el exiliado estornudó. Fue un estornudo fuerte, violento que le hizo inclinarse casi hasta la altura del arzón. Se incorporó, sacudió la cabeza y pidió perdón mientras los presentes respondían con una invocación piadosa.

Los viajeros se despidieron cortésmente del grupo y continuaron su camino, pero ni Alfonso ni el hermano apartaron la mano de las pistolas. A decir verdad, así siguieron hasta que las figuras se convirtieron en puntos negros que desaparecieron tragados por la línea del horizonte.

—¿Qué pensáis? —dijo Alfonso al hermano.

—No creo que tengan nada que ver con nosotros —respondió con tono seco—. Este es un camino transitado y lo más posible es que nos encontremos a gente parecida en los próximos días.

—Sí —asintió Alfonso— seguramente tenéis razón.

—¿De qué te ríes, hereje? —la voz destemplada y grosera de Fernando llevó al hermano y a Alfonso a dirigir la mirada hacia el exiliado. Pero no estaba riendo. Por el contrario, su rostro mostraba una expresión seria que hubiera podido decirse ocasionada por la preocupación.

—No veo que se ría —dijo el hermano.

—Os juro que se estaba riendo —insistió Fernando mientras apuntaba con la daga al exiliado—. Éste sabe algo que nosotros no sabemos.

—Éste —dijo el hermano —sabe muchas cosas que tú no sabes y que no sabrás en la vida.

Fernando calló, pero la manera en que entornó los ojos dejó de manifiesto que había sido consciente del golpe que acababan de propinarle en su amor propio. Lanzó una mirada de odio al exiliado, escupió contra el suelo y, tras mover la daga como si fuera a clavársela, la guardó en el cinto.

—Ya no se les ve —dijo el hermano—. Seguimos.

La comitiva volvió a ponerse en marcha. Con calma, con lentitud, casi con parsimonia. Alfonso apretaba de vez en cuando los dientes aquejado por su mal de rodilla; el hermano no dejaba caer de su rostro un gesto adusto de desconfianza; Fernando acariciaba la daga ansiando poder utilizarla.

El exiliado sonreía.

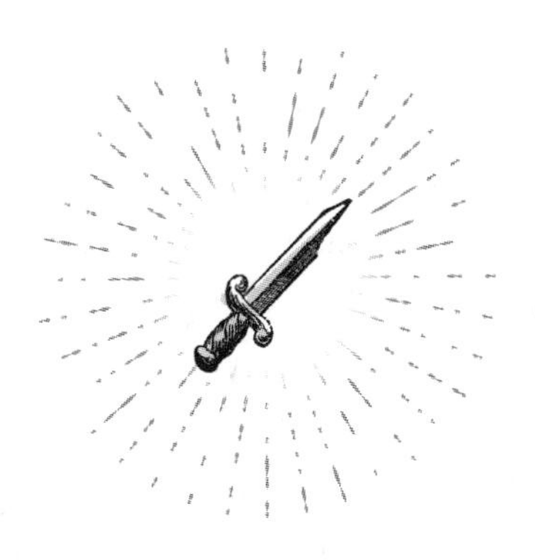

CAPÍTULO 19

Las únicas emboscadas con cierta garantía de éxito son aquellas que aprovechan al máximo el factor sorpresa. El enemigo sorprendido por el adversario pierde unos instantes preciosos en percatarse de lo que le está sucediendo. En esos momentos, no pocas veces se decide todo y no es inhabitual que un grupo pequeño, pero audaz y rápido pueda imponerse sobre otro más fuerte y poderoso, pero distraído.

Tanto Alfonso como el hermano eran más que conscientes de esa lección esencial de la táctica. Ambos estaban convencidos de que Fernando, lerdo como era, podía no reaccionar adecuadamente ante una eventualidad semejante por lo que resultaba indispensable mantener los ojos abiertos a cada instante. Fue así como divisaron un puentecillo a varios cientos de pasos.

Aquella diminuta conexión pétrea entre las dos orillas de un torrente constituía el lugar perfecto para una celada. Cualquiera podía interceptarlos al otro lado de la corriente impidiéndolos pasar. Para colmo, un par de hileras de árboles situadas a los lados del camino constituían el refugio ideal para un tirador. El hermano hizo un gesto a Alfonso para que se distanciaran. Alfonso picó espuelas y se adelantó unos pasos. No. No podrían atraparlos. Y así alcanzaron el puente.

A punto estaba Alfonso de pasarlo cuando se escuchó un disparo. Se volvió mirando al hermano, pero antes de que pudieran intercambiar una sola frase resonó una voz clara y tranquila lanzada desde algún punto oculto:

—¡Soltad al prisionero! Hacedlo sin intentar nada porque os estamos apuntando.

Sin mediar palabra, Alfonso picó espuelas a su montura e intentó salir de los estrechos límites del puente. No logró ir muy lejos. El exiliado pudo ver como una bala le entraba en la rodilla, precisamente la enferma, abriéndole un boquete que rezumó instantáneamente sangre y que le arrancó un salvaje aullido de dolor. Gritando por la angustia que le había causado el impacto, Alfonso logró sacar la pistola del arzón, pero, ciego de dolor y desconcertado al no poder ver a su adversario, no acertaba hacia dónde disparar. Más que en contra de su voluntad, se había convertido en un blanco expuesto a cualquier proyectil de efecto letal.

—¡Desmontad! —gritó el hermano mientras saltaba del caballo e intentaba cubrirse con el cuerpo del animal. Así, casi totalmente protegido por el noble bruto, comenzó a desplazarse hacia atrás.

El exiliado pensó que o mucho se equivocaba o tenía la intención de protegerse bajo el puente como él había hecho semanas atrás huyendo de sus perseguidores. Desde luego, no cabía duda de que le resultaría más fácil defenderse desde esa nueva posición. Fue entonces cuando sintió que alguien colocaba sus manos bajo la suela de su bota y lo empujaba hacia arriba.

El exiliado no pudo evitar verse de nuevo lanzado a un lado de la silla, pero esta vez no cayó contra el suelo como la otra vez sino contra la baranda del puente. No llegó ahora a desplomarse. Rápidamente, apoyó las manos en el bajo murete de piedra y se impulsó para ponerse en pie y echar a correr. Fue entonces cuando vio a Fernando que había desenvainado la daga y se acercaba a él con el ánimo evidente de darle muerte. Por un instante, el exiliado se detuvo. Con las manos atadas no podía defenderse contra aquella bestia que recordaba a un toro a punto de embestir. A menos... a menos que...

—Fernando, ¿en qué te vas a gastar la recompensa? ¿En vino? Por que tu mujer es una borracha como sabe todo el mundo y traga...

Fernando se detuvo en seco mientras se le inyectaban en sangre los ojos. Lanzó entonces un grito infrahumano y embistió al exiliado. Éste no intentó huir. Cuando Fernando estuvo a unos pasos de él, se agachó y se lanzó contra él. El golpe formidable que Fernando recibió en la nuez lo lanzó hacia atrás todo lo largo que era. La daga cayó al suelo y se deslizó por las piedras del puente mientras Fernando se llevaba las manos al cuello y blasfemaba.

El exiliado aprovechó la vulnerabilidad de Fernando y echó a correr. Pasó así sobre el mozo pisándole el pecho e intentando salir del puente. Por un instante, volvió la cabeza y pudo ver cómo un Alfonso, de rostro congestionado y enrojecido, le apuntaba con la pistola. Escuchó la detonación y cómo, fulminante, la bala silbaba a poca distancia de su oído, aunque sin tocarlo. Fue precisamente al girar de nuevo la mirada cuando se percató de que Fernando estaba a punto de apuñalarlo por la espalda.

El exiliado logró describir un giro, pero no consiguió salvarse del golpe. De hecho, la daga le golpeó el hombro y descendió por el borde del brazo hasta llegar a la muñeca. La herida no había sido muy profunda, pero, de no haberse movido, la sola diferencia de una pulgada se habría traducido en un impacto mortal.

De nuevo, el exiliado repitió el movimiento que lo había librado de Fernando unos instantes atrás. Inclinó la cabeza y la lanzó contra el abdomen abultado y fofo de Fernando. Con un gemido, Fernando se volvió a desplomar, pero, esta vez, se repuso al instante. De un gesto, se levantó y volvió a lanzarse sobre el exiliado.

Una, dos, tres veces, el exiliado esquivó las puñaladas despiadadas y cargadas de odio de Fernando.

—¡Perro, estate quieto! —gritó Fernando.

Pero el exiliado no tenía la menor intención de facilitar al mocetón el desfogue de sus ansias homicidas. Aunque mayor que Fernando, también era más ágil y aprovechaba con habilidad la torpeza bovina de su rival.

—Si no me alcanzas, no sé de qué beberá tu mujer... —le dijo.

—¡Aaaagh! —aulló Fernando mientras volvía a intentar una puñalada que falló como las anteriores. Esta vez, el exiliado incluso supo desplazarse a un lado, y lanzar una ágil zancadilla que lanzó a Fernando contra las piedras del puente.

Con rapidez, lanzó una mirada al otro extremo del puente. Alfonso estaba cayendo de su montura con un gesto de insoportable dolor pintado en el rostro. Su hermano debía haber disparado la pistola porque ahora, espada en mano, se aprestaba a seguir combatiendo. ¡Oh, no! ¡No! ¿Por qué no se entregaba?

Aquel instante de distracción resultó fatal para el exiliado. Fernando reptó sobre el puente, agarró los tobillos del hombre al que odiaba y tiró de ellos derribándolo contra el suelo. Sólo se percató de lo que sucedía el exiliado cuando sintió cómo el cuerpo pesado de Fernando se subía con rapidez sobre el suyo y le sujetaba los brazos con el peso de las rodillas.

—No te voy a matar todavía, perro hereje. Todavía no —dijo Fernando antes de descargar la mano en que llevaba la daga contra el rostro del exiliado.

Fue un golpe formidable dotado de la potencia aumentada por el peso de la daga. Por un instante, el exiliado sintió que todo el interior de su cráneo estallaba mientras que una oleada de dolor insoportable se extendía desde la herida que tenía a la altura de la coronilla hasta el mentón y la nariz.

Las siguientes puñadas no fueron menos dolorosas. Fernando estaba descargando contra el rostro del exiliado años de envidia por lo que nunca sería, años de ingratitud por lo que había recibido sin merecerlo, años de ira por haber tenido que pedir ayuda, años de sufrimiento ocasionado por tener que ver a alguien mucho mejor que él, pero cuánto más golpeaba más cólera sentía porque no experimentaba menos sufrimiento en su alma sino más.

Finalmente, por un instante, Fernando se detuvo. Jadeaba ahora agotado por el enorme esfuerzo y necesitaba imperiosamente recuperar el resuello. Inspiró hondo y, como si pronunciara una sentencia, dijo:

—Y ahora se acabó.

Fernando sujetó ahora con ambas manos la daga y la levantó para descargarla sobre el cuello de su víctima.

—¡Virgen mía, ayudadme! —gritó el mocetón en un alarido de triunfo.

El exiliado cerró los ojos y, mentalmente, se encomendó a Dios. En un instante, pensó, se encontraría al otro lado. Sin embargo, no percibió que la daga entrara en su cuerpo. Por el contrario, sintió cómo se descargaba contra su pecho un peso que le oprimió cortándole la respiración. Abrió los párpados y se percató de que Fernando yacía inmóvil sobre él y de que un líquido, caliente y pegajoso, le empapaba el pecho. Se preguntó inmediatamente si estaba herido, pero, de repente, entendió todo.

Ante sus ojos, estaba en pie su hermano sujetando una espada ensangrentada. ¿Iba a rematar lo que Fernando no había sido capaz de perpetrar? No... no... ¡No! Su hermano, el que llevaba años enemistado con él, el que había acompañado a Alfonso y Fernando, el que había colaborado en su secuestro... su hermano acababa de dar muerte a un sujeto envidioso y vil que había estado a punto de empujarlo fuera de este mundo. Su hermano le había salvado la vida.

Vio enseguida el exiliado cómo unos hombres vestidos de riguroso negro y entre los que había algún rostro que no le resultaba desconocido llegaban hasta su hermano y lo desarmaban. Al fondo, un Alfonso arrodillado y aullante era sujeto con grilletes. Ya no pudo ver más.

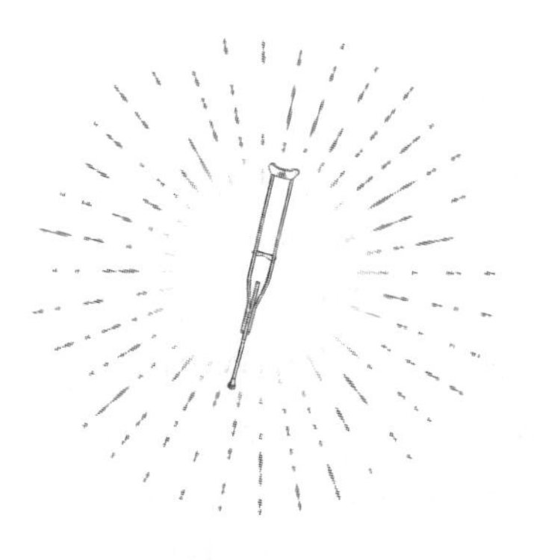

CAPÍTULO 20

—Comprendieron que no marchabais por voluntad propia cuando inclinasteis la cabeza y dejasteis al descubierto la herida que os habían ocasionado cerca de la coronilla.

Quién le explicaba lo que le había sucedido era el médico amigo que, unas semanas antes, le había acogido no como a un refugiado miserable sino como a un apreciado colega en el arte de la curación.

—Lo hice con ese propósito —dijo el exiliado.

—Pues, ciertamente, no pudo saliros mejor —dijo con una sonrisa afectuosa—. Captaron a la perfección vuestro mensaje.

—Imagino que no intentaron liberarme entonces...

—Por la sencilla razón de que temieron que el sujeto grande que estaba a vuestro lado os cosiera a puñaladas. He visto el cadáver. Menuda bestia... pero no me da la impresión de que le gustara mucho trabajar.

—No, la verdad es que no le gustaba —dijo con una sonrisa el exiliado—. A decir verdad, era bastante holgazán.

—Pues ahora va a descansar por los siglos de los siglos, aunque me temo que no precisamente en un lugar agradable.

Una nube de pesar se posó sobre la mirada del exiliado al escuchar aquellas palabras. Era cierto que Fernando lo había tratado de la manera más vil y también lo era que había ansiado darle muerte y que sólo por la misericordia infinita de Dios no había podido perpetrar semejante crimen, pero aún así no le guardaba rencor.

A fin de cuentas, había sido la víctima desdichada de una serie de desgracias acumuladas a lo largo de su vida y recocidas en la más negra de las envidias. Seguramente, podía pensarse que la muerte de Fernando había obedecido a un acto de justicia cósmica, pero ¿cuántos no la merecían tanto o más que él y, sin embargo, vivían hasta la ancianidad?

—¿Qué va a pasar con ellos? —preguntó con pesar el exiliado.

El compañero de tantas partidas de ajedrez perdidas respiró hondo antes de dar una respuesta.

—El tal don Alfonso se enfrentará con una pena severa. Secuestrar a una persona, intentar entregarla al Santo Oficio lo cual implica una condena de muerte... sí, su castigo no será pequeño.

—¿Y mi hermano? —le interrumpió el exiliado.

—Buenoooo... es difícil negar que los acompañaba y que colaboró en el secuestro... Incluso don Alfonso insiste en que fue vuestro hermano el que os propinó el golpe en la cabeza...

—Nadie en su sano juicio creería una sola palabra que salga de la boca de Alfonso, Nadie. Sólo dirá lo que le convenga aunque implique dañar a inocentes. ¿Qué va a pasar con mi hermano?

—Si vos...

—Si yo, ¿qué?

—Si vos testificáis en favor de vuestro hermano...

—Lo haré.

—¿Alegando qué?

—Que desde el primer momento su intención fue salvarme.

—Reconoced que resulta muy difícil de creer...

—Quizá, pero a las pruebas me remito. Pudo matarme una y mil veces o incluso rematarme y, sin embargo, impidió que Fernando lo hiciera.

—¿Estaríais dispuesto a prestar ese testimonio ante el juez?

—Por supuesto que sí y además...

—¿Además?

—Además en esta ciudad no se aplica el tormento para obtener confesiones. Nadie lo forzará a desmentir mis palabras.

—Gracias a Dios, así es —reconoció el médico—. Sí, es posible que vuestro hermano sea absuelto totalmente de cualquier cargo que se pueda formular contra él.

—Luego todo está arreglado —quiso zanjar la cuestión el exiliado.

—Sí —aceptó el médico de la perilla— supongo que sí.

El amigo del exiliado realizó una pausa sin dejar de acariciarse la barbita. Saltaba a la vista que aún guardaba algo en su interior. Finalmente, rompió el silencio.

—El que hayáis logrado salvaros tiene sus ventajas, pero también sus inconvenientes.

—Las ventajas puedo imaginarlas —dijo el exiliado—. ¿Cuáles son los inconvenientes?

—Antes de que llegarais a esta ciudad vuestra cabeza había sido puesta a precio.

—No lo sabía.

—No era mucho precio.

—Tampoco lo merezco —dijo el exiliado sin poder evitar que se le escapara una sonrisa.

—Quizá, pero sea como sea, el caso es que ahora ese precio ha subido.

— Lo que significa...

—Lo que significa que tendréis que ser más prudente. Nada de salir de los límites de la ciudad. Procurad incluso desplazaros por sus calles acompañado.

—Lo tendré en cuenta.

— No. No lo tendréis en cuenta —le corrigió el médico— lo haréis.

—Está bien —concedió el exiliado— os haré caso y obedeceré. ¿Tenéis que decirme algo más?

—Creo que no —sonrió ahora el médico.

El hombre de la perilla había hecho ademán de marcharse, pero el exiliado tendió la mano en un gesto que le arrancó un gemido de dolor.

—Esperad. Por favor, deseo formularos un par de preguntas.

—Está bien, pero sed breve. Tenéis que descansar.

—¿Cómo os percatasteis de que había sido secuestrado?

—Por vuestra puntualidad. Sois como la gente de esta ciudad. Nunca llegáis tarde a ningún lugar. Casi se podría poner en hora los relojes viéndoos pasar. Cuando vimos que no llegabais a vuestras citas llegamos a la conclusión de que algo tenía que haberos sucedido.

Los labios del exiliado se descorrieron ahora en una sonrisa más ancha y casi alegre. Se dijo que si lo hubieran secuestrado en su país de origen resultaba innegable que habrían tardado mucho más, quizá días, en sospechar cualquier percance.

—Entiendo. Segunda pregunta: ¿cuánto tardaré en recuperarme?

—Me temo que vos estáis tanto o más capacitado que yo para responder. Tenéis alguna muela suelta, pero no dañada e imagino que os seguirá doliendo la cara y el cuerpo durante un tiempo. Pero, en realidad, se trata sólo de magulladuras. Dos semanas, tres a lo sumo y estaréis atendiendo enfermos como antes.

—Una última pregunta.

—¿Una más? —dijo el médico fingiendo impaciencia—. Está bien. Decid.

—Ya sé que no podré salir de esta ciudad en mucho tiempo. Quizá nunca... pero... pero...

—¿Sí?

—¿Sería posible que alguien viniera aquí a vivir conmigo?

—¿En cuántas personas estáis pensando?

—En tres.

El médico respiró hondo, volvió a pasarse la mano por la perilla y dijo:

—Tal y como yo lo veo, podéis mantenerlas de sobra y no significarán una carga para la ciudad. Eso, creedme, es esencial. Que no representen una carga, pero vos... vos podéis ganaros la vida sobradamente. Así que... Sí, creo que podríais avisarlas para que vengan. Y ahora si no necesitáis más...

—Sí, doctor, sí necesito —dijo el exiliado.

—Hablad.

—Deseo daros las gracias...

—¡Oh! ¡Por Dios! No es necesario —alzó las manos el médico en un intento de silenciarlo.

—Sí, lo es. Vos no sólo sois un galeno extraordinario y os habéis mostrado como un colega incomparable. Además sois un buen cristiano.

—Buenoooo... —intentó de nuevo el médico frenar al exiliado.

—No sirve de nada negarlo. Es cierto que no sois un clérigo ni enseñáis las Escrituras ni os subís a un púlpito, pero la manera en que habéis puesto vuestro trabajo al servicio de los demás, no por oro ni por gloria, sino por amor a Dios y al prójimo, es un ejemplo de lo que significa ser cristiano.

—Si pretendéis que me sonroje, lo vais a conseguir, pero no voy a tolerar una palabra más.

—Lo único que pretendo es que sepáis que os estoy agradecido y que no voy a olvidar jamás lo que habéis hecho por mí.

—¿Precisáis algo más? —preguntó el médico con un dejo de impaciencia en la voz.

—No, nada más —respondió el exiliado sonriendo una vez más—. Id con Dios y que Él no tarde mucho en traeros de vuelta.

—Así será.

El médico inclinó levemente la cabeza, se dio la vuelta y abandonó la habitación. El exiliado lo vio salir y luego dirigió su mirada hacia la ventana. Por ella, se veía un pedazo del edificio de enfrente y un trozo recoleto de cielo. Intentó incorporarse, pero el dolor que sintió en los costados le disuadió de realizar cualquier movimiento.

Bueno, se dijo que era sólo cuestión de semanas porque, a decir verdad, sólo podía darle gracias a Dios por todo lo que había sucedido en los meses anteriores. Había salvado su vida una y otra vez, lo había liberado de ser llevado hasta las hogueras que ardían en su país de origen, le había permitido llegar a aquel lugar donde el trabajo no era una maldición sino una bendición, donde la ley era igual para todos, donde un juez no podía ser a la vez alcalde y legislador, donde el estudio formaba parte de la vida cotidiana desde la infancia, donde la ciencia no era desdeñada sino apreciada, donde no se permitía a nadie vivir a costa de los demás, donde los que podían aportar algo eran recibidos de buena gana y no agredidos por provocar envidias...

No todo era perfecto en aquel lugar, por supuesto. Aún seguían existiendo la enfermedad, la vejez y la muerte y, por supuesto, los seres humanos demostraban a diario que la Caída no era sólo un concepto teológico, pero... pero, a pesar de todo, aquel era un mundo nuevo muy superior a aquel otro del que se había visto obligado a huir y donde ya sólo pensar de manera diferente podía constituir una invitación a convertirse en cenizas atado al poste de una hoguera.

Empezaba una nueva vida y en esa nueva vida, el exiliado, por fin, dejaría de serlo.

NOTA DEL AUTOR

Suele constituir pregunta habitual en los que somos lectores de novelas la de hasta qué punto los hechos relatados en sus páginas se corresponden con la realidad y hasta qué punto son fruto de la imaginación del autor.

En el caso de *El exiliado*, la respuesta es muy sencilla. Vaya por delante que de todos los personajes que aparecen en sus capítulos son imaginarios salvo Juan Díaz, un protestante español que murió asesinado gracias a los oficios de su hermano que no podía soportar la existencia de un hereje en la familia.

Sin embargo, a pesar del carácter imaginario de todos los personajes, el mundo descrito se corresponde fielmente con la realidad de la época.

Sería harto prolijo explicar todos y cada uno de los detalles al respecto, pero se puede señalar, a título de ejemplo, que, para el experto en la Historia del siglo XVI será fácil identificar cómo en la conversación mantenida por el alcalde, el sacerdote y el exiliado, éste cita de manera textual a Alfonso de Valdés o cómo la norma defendida por Alfonso para prohibir a los españoles cursar estudios en universidades extranjeras para evitar que pudieran aceptar posiciones heréticas la dictó Felipe II en noviembre de 1559 o cómo, comenzando con Ginebra en 1556, en los territorios europeos que se adhirieron a la Reforma se fueron implantando escuelas obligatorias y gratuitas como parte del programa reformador o como la visión del trabajo resultó radicalmente distinta en la Europa de la Contrarreforma y en la de la Reforma.

Todos esos datos y otros más que aparecen reflejados en este libro se corresponden, pues, rigurosamente con la Historia.

Sin embargo, *El exiliado* no es sólo un relato de la época de la Reforma y la Contrarreforma... aunque también lo es. A decir verdad, constituye una descripción de cómo las diferentes sociedades se definen y se labran no sólo el presente sino también el futuro sobre la base de los valores que abrazan. Son esos valores los que las convierten en fuertes o en muy débiles a la hora de enfrentarse con crisis y también los que las colocan sobre la senda de un futuro próspero o de una repetición de desastres ya sufridos en el pasado.

Mucho en las páginas anteriores tiene un carácter paradigmático que va más allá de cualquier época o lugar. No por casualidad, el exiliado es eso, un exiliado y, como tantos antes o después que él, carece de nombre en medio del océano de la Historia.

Lo mismo podría decirse de hermanos y médicos, con pícaros y clérigos, con amigas y amadas, con niños y jueces. Sin embargo, a pesar de su carácter anónimo, todos y cada uno de ellos se ven afectados por los modelos sociales en los que viven.

Entre ellos, no son iguales aquellos en los que la educación es importante, en los que existe verdadera separación de poderes, en los que la ciencia es impulsada, en los que el trabajo no es considerado una desgracia sino una forma de servicio a la sociedad, en los que se ataca a los envidiados o en la que se recibe a aquellos que tienen talento porque se es consciente de que pueden realizar aportes positivos al conjunto de la sociedad.

El exiliado es, pues, una obra de ficción, pero aborda cuestiones reales y, sobre todo, trascendentales para sociedades y personas, personas cuyos nombres jamás quedarán en los libros como sucede también con el protagonista de esta novela.

Pero no por ello han dejado de realizar aportes no pocas veces miserables y viles como los de Fernando y Alfonso, pero también hermosos y positivos como los de la vecina del exiliado, el médico de la perilla o Marguerite.

César Vidal

(Miami, abril de 2020, en medio de la crisis del coronavirus)